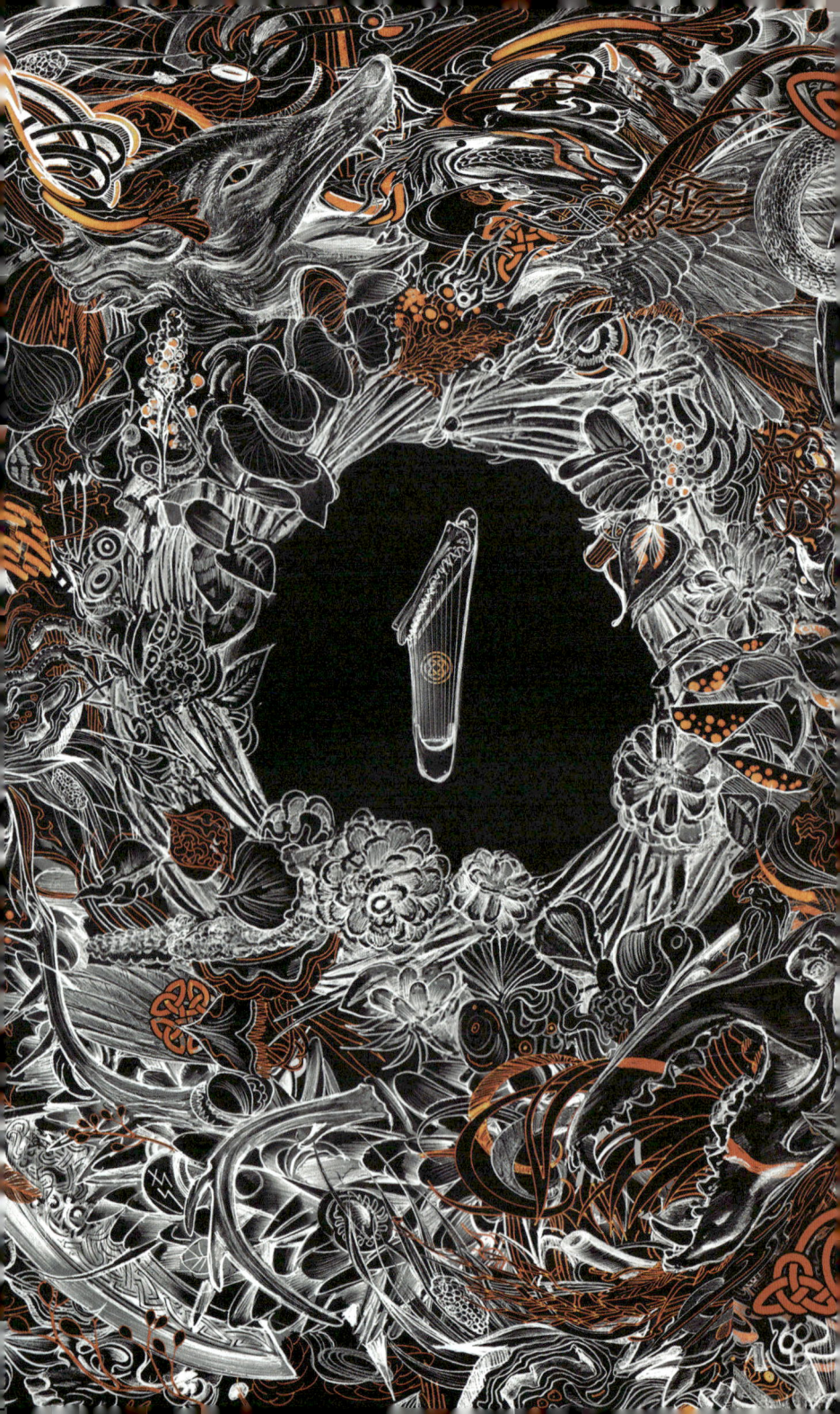

 FEÉRIA
*antiga*

Este livro pertence ao selo **Feéria antiga**, segmento d
ção Feéria que reúne as mitologias e narrativas funda
que inspiraram e ajudaram a construir o gênero de
sia no mundo. Como editora da obra de J.R.R. T
a HarperCollins Brasil busca com este trabalho apre
títulos fundamentais para o desenvolvimento da ol
Tolkien e outros grandes nomes da fantasia. Boa le

FEÉRIA
*antiga*

ELIAS LÖNNROT

*Ilustrações de*
DAVI AUGUSTO

KALEVALA
TERRA DE HERÓIS

*Tradução e adaptação de*
CAROLINA ALVES MAGALDI

Harper
Collins

RIO DE JANEIRO, 2024

Título original: *Kalevala*
Todos os direitos reservados à HarperCollins Brasil.
Copyright da tradução © Casa dos Livros Editora LTDA., 2021
Ilustrações © DaviAugusto, 2022

Os pontos de vista desta obra são de responsabilidade de seus autores, não refletindo necessariamente a posição da HarperCollins Brasil, da HarperCollins *Publishers* ou de suas equipes editoriais.

**F |** Este livro foi publicado com o apoio da FILI – Finnish Literature Exchange.
**L I** *This work has been published with the financial support of FILI – Finnish Literature Exchange.*

| | |
|---:|:---|
| Publisher | *Samuel Coto* |
| Editora | *Brunna Prado* |
| Assistente editorial | *Camila Reis* |
| Estagiária editorial | *Giovanna Staggmeier* |
| Produtor gráfico | *Lúcio Nöthlich Pimentel* |
| Preparação de texto | *Leonardo Dantas do Carmo* |
| Revisão | *Jaqueline de Carvalho* e *Wladimir Oliveira* |
| Projeto gráfico e capa | *Alexandre Azevedo* |
| Diagramação | *Sonia Peticov* |

**Dados Internacionais de Catalogação na Publicação (CIP)**
**(BENITEZ Catalogação Ass. Editorial, MS, Brasil)**

L848k   Lönnrot, Elias
1. ed.        Kalevala / Elias Lönnrot; tradução Carolina Alves Magaldi; ilustração Davi Augusto. – 1. ed. – Rio de Janeiro: Harper Collins Brasil, 2023.
224 p.; il.; 13,5 × 20,5 cm.

ISBN: 978-65-55115-34-5

1. Mitologia. 2. Literatura finlandesa – Apreciação e crítica. 3. Poesia finlandesa. 4. Tolkien, J.R.R (John Ronald Reuel), 1892-1973. I. Magaldi, Carolina Alves. II. Augusto, Davi. III. Título.

09-2023/157                                             CDD:  894.5413

**Índice para catálogo sistemático:**
1. Literatura finlandesa: Apreciação e crítica   894.5413

**Bibliotecária:** Aline Graziele Benitez CRB-1/3129

HarperCollins Brasil é uma marca licenciada à Casa dos Livros Editora LTDA.
Todos os direitos reservados à Casa dos Livros Editora LTDA.
Rua da Quitanda, 86, sala 601A — Centro
Rio de Janeiro — RJ — CEP 20091-005
Tel.: (21) 3175-1030
www.harpercollins.com.br

# Sumário

# Apresentação: um épico singular

**K**alevala é uma narrativa única na história da literatura. É singular em sua temática, com magos poderosos que duelam por meio de canções e buscam a melhor solução para problemas que eles mesmos causaram. É única em sua estrutura narrativa, com trechos líricos, encantamentos e passagens provenientes da narrativa oral. Não tem paralelos em importância histórico-cultural, sendo uma peça fundamental para a fundação da Finlândia enquanto nação. E, como se não bastasse, tem um impacto profundo e duradouro no que hoje entendemos como fantasia.

A narrativa é o épico nacional finlandês, mas essa conexão não é aleatória, nem tampouco elaborada após sua publicação. Cada passo e cada característica da obra foram elaborados e enaltecidos para fundamentar um processo de protonacionalismo finlandês que possibilitou, em última instância, a existência política independente do país.

Esse processo fez parte dos ideais românticos do período, buscando criar, a partir da literatura, da cultura e da arte, os elementos que possibilitassem a fundação do trinômio: um povo, uma língua, uma nação. Como afirma o historiador finlandês Max Jakobson: "Uma nação é feita, não nasce. [...] Uma tribo, ou uma entidade étnica, é transformada em uma nação pelo desenvolvimento da consciência de um passado partilhado e de um futuro em comum. Tal consciência

somente pode ser criada pelos historiadores e poetas, artistas e compositores."[1]

A busca por essa consciência coletiva finlandesa se deu por meio dos mitos. A narrativa épica da terra de heróis veio a fundamentar a busca por construir uma existência cultural independente após séculos de dominação por parte da Suécia e da Rússia. Ela supriu, ainda, uma lacuna de narrativas históricas de independência.

Isso porque a Finlândia se torna independente politicamente em 1917, época da Revolução Russa, pois os bolcheviques não tinham interesse em manter a posse do território. Sem feitos magnânimos ou heróis que tivessem levado à conquista e engolfada por uma guerra civil entre brancos (defensores de um sistema capitalista) e vermelhos (defensores de um sistema bolchevique), a epopeia se converteu em um elemento unificador de glória mítica.

No caso da *Kalevala*, o trabalho de escritor, compilador e fundamentador da história coube ao médico Elias Lönnrot, que utilizou suas viagens profissionais à Carélia para coletar canções no território que ainda falava finlandês, após séculos de dominação sueca. Os arquivos pessoais de Lönnrot, hoje organizados em museus e institutos de pesquisa, fornecem uma oportunidade de se conhecer o processo de organização de uma obra seminal. Os textos incluem diários de viagem, organizados por expedição, bem como cartas a amigos, familiares e editores dos jornais com que Lönnrot contribuía.

A proposta de um poema narrativo, oriundo da tradição popular e oral, fazia parte do ideal romântico de busca da narrativa primordial. Além disso, tal proposta partia de uma concepção do Romantismo alemão, segundo a qual a grandeza de uma cultura deveria ser mensurada a partir

---

[1] No original: "A nation is made not Born [...] A tribe, or an ethnic entity, is transformed into a nation by the development of a consciousness of a shared past and common destiny. Such a consciousness can only be created by the historians and poets, artists and composers." (JAKOBSON, 1987).

da autenticidade de sua cultura popular. Mas, como é de se imaginar, o trabalho de Lönnrot se estendeu muito além do registro de um poema oral. Após séculos de narrativas passadas de geração a geração e vila a vila, muitas narrativas possuíam alterações e sobreposições, gerando versões conflitantes. O compilador e escritor da *Kalevala* precisou, assim, organizar as histórias de forma a criar uma narrativa coesa. Ainda assim, há flutuações nas alcunhas dos personagens, por exemplo, as quais foram mantidas na presente tradução.

Além disso, nota-se na epopeia um grande volume de ensinamentos de cunho moral, como na crítica a casamentos arranjados e nos conselhos a noivas e noivos. Outra característica marcante do momento histórico-cultural em que o épico foi registrado é a flutuação entre o paganismo, elemento fundamental da construção das narrativas orais sendo coletadas, e o cristianismo, que já fazia parte do universo de Lönnrot. Dessa forma, o texto apresenta muitos deuses, localidades e criaturas da mitologia finlandesa, mas, em diversos momentos, a figura de Ukko, referida como Criador, se confunde com descrições e atributos da cristandade.

Há, ainda, a necessidade de honrar os heróis desse passado mítico, em especial Väinämöinen, buscando um desfecho para essa fase e construindo uma legitimação para o Estado-Nação que buscava fundamentar-se.

A obra é hoje celebrada não só em meios eruditos, como em museus, centros de estudos, artes plásticas e peças de teatro, mas também em contextos de cultura *pop*, com versos do poema presentes em camisetas, tatuagens de astros do *rock* e álbuns de *heavy metal*. A narrativa tem, inclusive, um feriado só para ela, celebrado em 28 de fevereiro com grande alegria, em contraste à soturna celebração da independência finlandesa.

No campo erudito, ela tem destaque na Sociedade Finlandesa de Literatura — fundada em última instância para publicá-la —, no Instituto Juminkeko, localizado na Carélia finlandesa, além do museu dedicado às pinturas de Akseli Gallen-Kallela, mundialmente conhecidas por ilustrarem o épico, sendo a tela "A defesa do sampo" a capa mais recorrente de edições traduzidas da epopeia.

No campo da música clássica, o exemplo mais notório é a obra do compositor Jean Sibelius, que hoje dá nome ao maior conservatório de música do país.

No universo popular, destaca-se o álbum *Tales from the Thousand Lakes*, da banda Amorphis, que reconstrói a trama da *Kalevala* em suas canções. A canção "Eclipse", por exemplo, narra a tragédia de Kullervo, integrante do segundo ciclo da epopeia.

Mais do que exemplos isolados, esses elementos reforçam o apelo cultural e social da narrativa na sociedade finlandesa. No entanto, a epopeia não é relevante somente para a terra das renas e lagos.

Um ponto de interesse mundial pelo épico em questão se deve à escola finlandesa de folclore. Representativa dos ideais românticos já mencionados, o caráter pioneiro da concepção de folclore empreendida pela Finlândia impactou a busca pela preservação de narrativas míticas ao redor do globo.

O antropólogo argentino Néstor García Canclini destaca, por exemplo, o papel da noção de folclore promulgada pelos finlandeses na cultura mexicana do século XIX, em um esforço de coletar narrativas, canções e obras nativas com o objetivo de fundar uma nação unificada pós-revolução.[2] Um dos resultados mais conhecidos desse processo foi a organização da narrativa maia Popol Vuh, cuja posse, simbólica e física ainda hoje se encontra em disputa entre México e Guatemala, enquanto o manuscrito permanece na Biblioteca de Chicago, nos Estados Unidos.

Além dessas fronteiras improváveis, a obra também percorreu o mundo por meio de suas traduções. *Kalevala* já foi traduzida cerca de 150 vezes, para 61 línguas diferentes, sendo o texto finlandês mais traduzido da história.

---

[2] CANCLINI, 2003.

De todos esses exemplos, destacam-se dois momentos, cronologicamente muito distantes. O primeiro momento foi logo após a publicação da obra, com o fomento às primeiras traduções, para o russo e o sueco. Além da proximidade cultural e política, essa escolha reforça o papel já apontado da *Kalevala* na construção do nacionalismo finlandês por meio da defesa de uma existência mitológico--cultural. O segundo momento é contemporâneo, com a tradução para o dialeto carélio em 2009, 160 anos após o lançamento. Esse dado revela que, embora a Carélia seja berço do poema, seu significado se expandiu para o que viria se tornar o país finlandês como um todo, englobando, inclusive, as terras da Lapônia, demonizadas no épico, mas hoje parte do país e um bairro da antiga capital, Turku.

Dentre as múltiplas traduções, há aquelas feitas diretamente do finlandês e outras indiretas, como é o caso da tradução para o português de Portugal. Existem, ainda, traduções em verso, com ou sem adaptação da métrica original, e traduções em prosa. Volumes ilustrados e aqueles que priorizaram trechos específicos, tal como a tradução do primeiro canto, ou runa (como também são chamados os cantos do poema), realizada por José Bizerril e Álvaro Faleiros para o português brasileiro.

Houve, ainda, reescritas para crianças e para quadrinhos, incluindo uma versão da Disney protagonizada pelo Tio Patinhas e uma versão inteiramente protagonizada por cachorros.

Provavelmente, a descendência mais relevante e conhecida da *Kalevala* resida na elaboração dos livros de J.R.R. Tolkien. O professor da Universidade de Oxford era leitor assíduo da epopeia, tendo inclusive traduzido e adaptado a tragédia de Kullervo, narrada no segundo ciclo da *Kalevala*, para a língua inglesa. Mais do que um exercício tradutório, o processo de reescrita da narrativa de Kullervo marcou as intenções de Tolkien enquanto escritor, principalmente no sentido de criação de uma mitologia própria.

Dessa forma, o impacto da obra finlandesa na produção tolkieniana abrange referências muito mais amplas e profundas do que os paralelos normalmente traçados, como é o caso da conexão entre o *sampo* da *Kalevala* e o Um Anel de *O Senhor dos Anéis*, ou entre Väinämöinen e Gandalf.

Longe de tirar o brilhantismo das obras do escritor e tradutor inglês, essas referências servem como lembrança de que o registro por escrito da epopeia possibilitou que uma infinidade de leitores pudesse ter contato com a obra, redimensionando e recriando seus mitos desde então.

Dessa forma, a publicação da *Kalevala* completa no Brasil é uma tentativa de aproximar os leitores brasileiros dessa obra que reverbera no imaginário contemporâneo, alimentando mitologias que apreciamos e aquelas que sequer foram criadas.

## TRADUZINDO E REESCREVENDO A *KALEVALA*

Todos aqueles que se aventuram pelo campo da tradução literária, cedo ou tarde, percebem que os dois grandes bastiões do senso comum — a equivalência e a fidelidade — não existem de fato.

A equivalência, ou correspondência formal, foi um conceito inicialmente proposto para estabelecer que haveria uma conexão natural e absoluta entre as línguas que dialogavam em uma dada tradução. A noção evoluiu então para o que se convencionou chamar de equivalência funcional, focando na busca por uma conexão baseada no uso dos termos.

Ainda assim, a fidelidade se mantém como o objetivo máximo de uma tradução, principalmente nos diálogos não acadêmicos. Imaginemos, no entanto, a tarefa de se traduzir um poema. Deveria ser o tradutor fiel ao estilo do poeta, à temática principal a seu momento histórico, ao grau de formalidade, ao esquema de rimas ou aos padrões de aliteração ou assonância? Cada uma dessas escolhas impacta as demais, de forma que uma fidelidade sacrificaria ou redimensionaria as outras.

Isso não significa que não há critério ou que tudo é válido. Significa que, muito mais do que a fidelidade, o critério fundamental para avaliação de uma tradução literária é a coerência alcançada por um projeto tradutório.

Dessa forma, o tradutor literário precisa interpretar o texto a ser traduzido em todos os aspectos cabíveis (forma, estilo, lugar na obra do autor, representatividade cultural, histórica e política, temas principais e secundários, intertextualidades etc.) para então empreender uma engenharia reversa e reconstruir a obra em uma nova língua, seguindo critérios que servirão de fio condutor.

Esses múltiplos desafios se amplificam em um contexto como o da *Kalevala*. Além de ter sido escrita em uma língua extremamente complexa, com quinze casos de declinação, o idioma finlandês não faz parte do tronco indo-europeu de línguas, o que significa que não tem semelhanças significativas com nenhuma das línguas de nosso convívio.

Adiciona-se a esse contexto o fato de o épico ter sido escrito em finlandês arcaico, em uma língua que estava sendo gestada pelo próprio Lönnrot no momento de pesquisa para a *Kalevala*. Foi ele o primeiro dicionarista do finlandês, tendo contribuído com diversos termos de seus campos de conhecimento: medicina, dicionarização e literatura. Foi ele que cunhou, por exemplo, os termos *kirjallisus* (literatura), *pääte* (declinação), *luku* (capítulo ou volume), *yksikkö* (singular gramatical), *monikko* (plural gramatical), *potilas* (paciente), *oire* (sintoma), *kuume* (febre), *valtimo* (artéria) e *laksimo* (veia).

Outro desafio para essa tradução reside na projeção de um público leitor. O épico finlandês foi cantado por gerações por um amplo e variado grupo, como forma de entretenimento e preservação cultural. Manter seu caráter exclusivamente versificado, com 23 mil versos, significaria relegar sua leitura a um público em sua maioria acadêmico, ou sobremaneira dedicado à leitura de narrativas épicas.

Tomamos, assim, a decisão de preservar o caráter versificado nos trechos de maior significado artístico, como nas passagens líricas, nos encantamentos e nas batalhas de canções. Os trechos narrativos foram reescritos em prosa, como forma de aproximar o leitor do perfil épico escrito, bem como evitar repetições típicas da poesia oral, que visavam a lembrar o público das ações e personagens anteriormente narrados, bem como fornecer o tempo e o estímulo necessários para o exercício da memória dos cantores.

O trabalho de tradução foi conduzido, portanto, em duas frentes: interlingual (entre idiomas distintos) e intralingual (dentro de um mesmo idioma), ao reescrever a tradução de forma a se aproximar da prosa de um romance épico.

Havia, ainda, o desafio musical, pois os versos possuíam um ritmo adequado para acompanhamento do *kantele*, instrumento que os leitores brasileiros não estão familiarizados, e não corresponde aos padrões métricos da poesia ocidental de base escrita. Optamos, assim, pela manutenção da musicalidade, priorizando o ritmo de leitura e as raízes do poema.

Quanto aos termos estrangeiros, os nomes de personagens, de locais e de elementos e criaturas da mitologia finlandesa, foram mantidos na língua e grafia originais, como parte do compromisso em manter a *Kalevala* como embaixadora cultural de seu país de origem. Além disso, foram mantidas as flutuações nas denominações de personagens e locais — tais como Pohjola/Sariola/Terra do Norte —, nos mesmos momentos em que Lönnrot incluiu em suas reescritas, de forma a prestigiar os séculos em que essas narrativas sofreram variações e reinterpretações. O índice mitológico incluído ao final deste volume inclui as diversas denominações adotadas nessa narrativa.

As escolhas feitas nessa reescrita não são únicas e certamente não serão alvo de posturas unânimes, mas se pretendem coerentes. Em uma tradução, sempre haverá perdas, como é o caso do formato versificado do texto-fonte. No entanto, há também ganhos, como é o caso da ampliação do público leitor. Tal como observado por Walter Benjamin,[3] cada texto traz em si o germe da tradução, um anseio em se libertar das amarras da estrutura literária e linguística em que foram inicialmente escritos.

À medida que são libertados, suas traduções passam a fazer parte do sistema de recepções e interpretações do texto, chegando a novos universos, povos e tradições. O que era uma estrela, torna-se constelação.

---

[3] BENJAMIN, 2001.

# O Vinho da Poesia: Tolkien, *Kalevala* e as Mitologias Modernas

"Foi como descobrir uma adega repleta de garrafas de um vinho estupendo, de um tipo e sabor jamais provados antes. Fiquei completamente inebriado", recorda J.R.R. Tolkien numa carta endereçada ao poeta britânico W.H. Auden em junho de 1955.[1] A experiência avassaladora a que Tolkien se refere foi a descoberta de uma gramática da língua finlandesa quando ele ainda era aluno de graduação na Universidade de Oxford, mais de quarenta anos antes de escrever a carta.

O caso de amor à primeira vista com o finlandês foi reforçado por outra descoberta, que aconteceu mais ou menos na mesma época. Refiro-me ao primeiro contato de Tolkien com o épico nacional da Finlândia, a *Kalevala*, o qual, não fazia muito tempo, ganhara sua primeira tradução para a língua inglesa. O fascínio pelo ciclo de histórias em verso também foi imediato. Para o autor de *O Senhor dos Anéis*, línguas, mitologias e culturas sempre foram coisas indissociáveis. É o que ele acabaria escrevendo em seu

---

[1]CARPENTER, 2023, carta nº 163, p. 323.

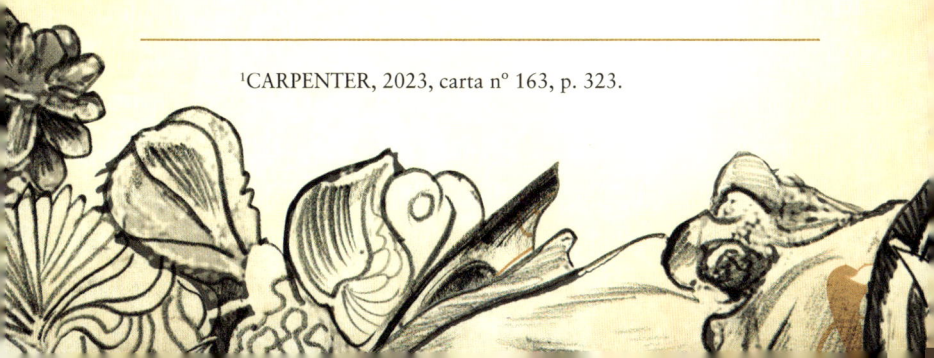

ensaio *A Secret Vice* ("Um Vício Secreto", uma referência à sua mania de inventar idiomas):

> "A criação de uma língua e a de uma mitologia são funções relacionadas; para conferir à sua língua um sabor individual, ela precisa ser entretecida na trama de uma mitologia individual. E o inverso também é verdadeiro: a construção de uma língua tende a *gerar* uma mitologia".[2]

Antes do mergulho na *Kalevala* propriamente dita, gostaria de convidar os leitores deste livro a entender como a imaginação ancestral finlandesa fertilizou a obra de Tolkien em diversos aspectos. Estamos falando, é claro, de duas realizações literárias gigantescas e multifacetadas, e seria ilusão achar que é possível explorar todos os paralelos entre elas no espaço relativamente breve de que dispomos aqui. Vamos nos concentrar, portanto, naquilo que é essencial e pensar no mundo da *Kalevala* como uma espécie de espelho e protótipo da Terra-média.

## O EXEMPLO DE LÖNNROT

Desconfio que a semelhança mais importante entre a obra tolkieniana e o épico da Finlândia não esteja nos personagens ou nos elementos narrativos — embora ambas as coisas também se façam presentes. A semelhança mais profunda é *arquitetônica*, digamos: tem a ver com a maneira como a *Kalevala* e as lendas da Terra-média passaram a ser estruturadas e registradas. E a figura central para entender isso é Elias Lönnrot (1802–1884), o médico e folclorista que coletou canções tradicionais do interior finlandês e as reuniu para criar a *Kalevala* que conhecemos.

Assim como aconteceu em outros lugares da Europa no século XIX, uma das motivações de Lönnrot era a

---

[2] TOLKIEN, 1983, pp. 198–223.

redescoberta de uma identidade nacional própria. A rigor, a Finlândia "não existia" nessa época, tendo passado séculos sob o domínio da Suécia e, naquele momento, da Rússia imperial. Assim como em outras regiões, a busca por mitos e lendas "originais", que tivessem uma relação intrínseca e ancestral com o povo e o idioma de cada área, ajudou a criar nos finlandeses a consciência de pertencerem a uma nação distinta das demais. Para eles, conhecer a *Kalevala* passou a ser tão importante quanto foi o conhecimento dos poemas de Homero para os gregos antigos.

Ao menos de início, Tolkien parece estar muito distante desse cenário. Afinal, ele, um cidadão do Reino Unido, nascera na África do Sul, um dos muitos territórios dominados pelo Império Britânico. Em vez de fazer parte de uma nação sem independência política e culturalmente marginalizada, como era o caso dos conterrâneos de Lönnrot, o jovem Tolkien crescera na única superpotência de sua época.

Como de costume, porém, as aparências enganam. O próprio sucesso do Império Britânico desencadeara, de certa maneira, uma crise de identidade, ao menos para alguém tão sensível ao poder das línguas e dos mitos quanto Tolkien. Ele descobriu que não queria ser exatamente britânico — um adjetivo pátrio que englobava também galeses, escoceses e irlandeses, muitos dos quais incluídos à força no Reino Unido. Tolkien queria ser *inglês*. E, para isso, ele sentia que faltava a inspiração essencial de uma mitologia própria, que simplesmente não existia no caso da Inglaterra — ou que talvez tivesse deixado de existir em algum momento do passado.

É o que ele diz em outra carta, desta vez ao editor Milton Waldman — foi sua tentativa fracassada de "vender" a publicação conjunta de *O Senhor dos Anéis* e *O Silmarillion*, ainda inéditos:

"Desde cedo eu era afligido pela pobreza de meu próprio amado país: ele não possuía histórias próprias (relacionadas à sua língua e solo), não da qualidade que eu buscava e encontrei (como um ingrediente) nas lendas de outras terras. Havia [narrativas] gregas, celtas e românicas, germânicas, escandinavas e finlandesas (que muito me influenciaram), mas não inglesas, salvo materiais de livros de contos populares empobrecidos. É claro que havia e há todo o mundo arthuriano, mas este, poderoso como é, foi naturalizado imperfeitamente, associado ao solo britânico, mas não ao inglês; e não substitui o que eu sentia estar faltando."[3]

Assim começou o grande sonho literário de Tolkien, com o desejo de criar uma "mitologia para a Inglaterra". A conexão direta desses mitos inventados com o passado inglês foi se enfraquecendo conforme o projeto do autor amadurecia, mas o desejo essencial permaneceu. Era o anseio de inventar "um corpo de lendas mais ou menos interligadas, que abrangesse desde o amplo e cosmogônico até o nível da estória de fadas romântica" (de novo, estou citando a carta a Waldman). E é aqui que a analogia fica ainda mais clara: para todos os efeitos, Tolkien estava trabalhando como se fosse um "Lönnrot 2.0".

Convém explicar melhor. É verdade que o erudito finlandês fez diversas viagens rumo aos cafundós da Carélia (região hoje na fronteira entre a Finlândia e a Rússia) para ouvir bardos idosos e registrar suas canções. Foi esse material que ele alinhavou na *Kalevala*. Mas nenhum dos bardos visitados por Lönnrot chegou perto de saber de cor ou reproduzir de cabo a rabo a *Kalevala* que conhecemos hoje. Foi Lönnrot o responsável por dar aos trechos que ouvia e anotava uma ordem com começo, meio e fim. Foi ele que escolheu uma entre as muitas variantes da mesma história, suprimiu ambiguidades e escreveu textos que ligavam as canções entre si, entre outras intervenções. Trata-se, portanto, de um trabalho de reconstrução imaginativa e criação, e não apenas do registro de algo que, em alguma medida, já estava pronto.

---

[3] CARPENTER, 2023, carta nº 131, pp. 214–15.

Tolkien, é verdade, escreveu seu legendário (o conjunto de suas narrativas) "do zero", mas as semelhanças com o trabalho de Lönnrot são maiores do que as diferenças. Trabalhando com elementos díspares espalhados por tradições mitológicas de diversas culturas do norte da Europa (inclusive a da Finlândia) e de outras regiões do mundo, Tolkien tentou conectá-los, expandi-los, atribuir a eles um sentido que era capaz de enxergar ou intuir nas narrativas originais. Um exemplo óbvio são os Elfos e Anãos de Tolkien, que obviamente absorvem elementos das (poucas) referências a povos com esses nomes na mitologia escandinava, mas transformam profundamente essa matéria-prima.

Esse tipo de alquimia pode ser visto em outra influência da *Kalevala* e da cultura finlandesa que está presente desde os primeiros textos de Tolkien sobre sua mitologia ficcional e se estende até os últimos rabiscos que ele escreveu sobre o tema. Trata-se, é claro, do quenya ou alto-élfico, a mais nobre língua dos Eldar, trazida do Reino Abençoado para a Terra-média. Uma das principais inspirações "fonoestéticas" (ou seja, em termos de beleza sonora) do quenya é o finlandês, que se mesclou a influências do latim e do grego.

Talvez por coincidência, o costume de Tolkien de grafar certas vogais na posição final ou em hiatos com um trema — como nos nomes próprios *Manwë*, *Eönwë*, *Eä* — fez com que o quenya se tornasse ainda mais parecido visualmente com o finlandês. É uma semelhança que o poderoso *Väinämöinen* da *Kalevala*, a quem nunca faltaram tremas, certamente perceberia. O mesmo vale para a riqueza de vogais e declinações (mudanças nas terminações de substantivos, por exemplo, devido à sua função na frase) em ambos os idiomas.

É possível enxergar semelhanças estruturais entre a *Kalevala* e *O Silmarillion*, duas narrativas que começam com um mito da Criação do Cosmos e terminam com uma espécie de fim da era mítica e início da história humana (ainda que seja difícil estruturar uma mitologia ambiciosamente ampla de um jeito muito diferente, imagino). Outro tema que perpassa todas as obras é o poder da canção, que vemos nos duelos travados entre Sauron e Finrod no texto de Tolkien e Väinämöinen e Joukahainen na obra finlandesa.

Em aspectos narrativos mais detalhados, no entanto, a influência mais direta é a dos cantos 31 a 36 da *Kalevala*, com a história de Kullervo, o Desafortunado. Provavelmente pouco antes de escrever os textos de *O Livro dos Contos Perdidos*, nos anos 1910, Tolkien tentou recriar a saga trágica de Kullervo — órfão maltratado, guerreiro impiedoso, que tem uma relação incestuosa involuntária com a própria irmã e comete suicídio. *A História de Kullervo* de Tolkien tem semelhanças curiosas com *O Senhor dos Anéis* em sua estrutura, mesclando narrativa em prosa e poemas curtos, como assinala a editora do texto, a tolkienista americana Verlyn Flieger. O volume em que o texto foi publicado inclui ainda duas versões de um ensaio de Tolkien sobre a *Kalevala*, que provavelmente data de 1914 e foi apresentado a um grupo de alunos de Oxford.

A inspiração trazida por Kullervo seria transformada numa das histórias mais importantes de *O Silmarillion* e da Primeira Era da Terra-média, o Conto dos Filhos de Húrin, incorporando influências de outros heróis míticos citados pelo próprio Tolkien, como o Sigurd escandinavo e o Édipo grego. É verdade que Túrin Turambar, protagonista do conto, está longe de "ser" Kullervo. Dos elementos da história finlandesa, o que realmente ficou preservado é o tema do incesto e a assustadora "espada falante" no momento do suicídio do herói. Mas a teimosia e o temperamento explosivo da figura da *Kalevala* ainda estampam o caráter de Túrin.

Vale a pena, no entanto, terminar este breve passeio num tom mais ameno. Uma das coisas que mais fascinaram o jovem Tolkien ao ler *Kalevala* pela primeira vez foi a exuberância e o divertimento trazidos por diversas passagens do poema. Ao revisitar o texto em 1944, numa carta ao filho caçula, Christopher, ele resolve citar justamente o canto 20, que relata a origem da cerveja:

"Assim foi criada a cerveja, melhor das bebidas para a gente prudente; as mulheres ela logo leva ao riso, aos homens aquece com bom humor, mas leva os tolos a tagarelar."[4]

"Sentimentos razoáveis", comenta ele. Eis um bom jeito de apreciar as próximas páginas. Boa leitura!

REINALDO JOSÉ LOPES

Tradutor de Tolkien e mestre e doutor na área de linguística e literatura inglesa pela Universidade de São Paulo (USP).

---

[4] CARPENTER, 2023, carta nº 75, p. 137.

# KALEVALA
## TERRA DE HERÓIS

# Primeiro Ciclo

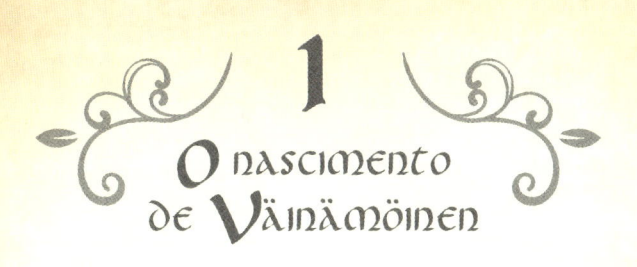

# 1
## O nascimento de Väinämöinen

Nasce em minha mente a ideia e o desejo de narrar os versos do meu povo. Já velho, tenho por companhia meus irmãos, ainda crianças de cabelos dourados, que vêm comigo cantar as lendas de nossa melancólica e fria Terra do Norte.

Da memória de melodias cantadas de mãos dadas, vieram essas histórias sobre o cinto de Väinämöinen, do forjar de Ilmarinen, sobre a espada de Lemminkainen, da ira de Joukahainen, dos confins do Norte até os campos da Kalevala.

Aprendi com meu pai sobre o sampo e os encantamentos de Louhi. Existem muitas canções, carregadas de magia, encontradas pelo caminho, colhidas em arbustos, quebradas contra árvores, nascidas em broto, ao longo das doces colinas.

Histórias que, quando pequeno, fiei e mantive, num novelo bem guardado no baú. Agora o reabro para alegrar a noite fria e honrar o lindo dia que a aurora anuncia.

Volto a tecer a canção do nascimento de Väinämöinen, o eterno bardo, nascido de sua mãe Ilmatar, a dama do éter.

Era ela a mais pura deidade da natureza, a eterna virgem, habitante do ar. Sozinha vivia, no vasto vazio, somente seus pensamentos por companhia. Sem mudanças ou esperanças, deixou-se cair, buscando no mar um novo aconchego.

No outro azul, porém, foi empurrada pelas ondas, em um movimento incansável. Sem o descanso do ar, mal imaginava que seu pesar aumentaria com o vento do Leste que virou o tempo, colocando-lhe um filho no ventre.

A virgem do ar era agora mãe d'água, tendo nadado por cem anos sete vezes. Nadava ela ainda pelas dores do parto, sem que criança nenhuma nascesse. Perdendo a esperança, cansada de suas lutas e com saudades do ar, a dama clamou por Ukko, pai do firmamento, deus dos deuses, implorando por sua presença nessa hora de sofrimento.

Pois foi que, um momento mais tarde, sobrevoou sobre a dama uma ave. Entre os dois azuis, buscava também ela um porto seguro, um ponto para começar. Repousou sobre o joelho de Ilmatar, formosa ilha em meio às ondas. Por lá construiu seu ninho, onde pôs sete ovos: seis de ouro e um último de ferro.

Porém, o calor da mãe-ave foi demais para a dama da água. Com seu joelho a arder, tentou resistir, mas sucumbiu por fim, deixando os ovos caírem na água, estilhaçando-se no mar. De um ovo surgiu a terra, do outro se consolidou o céu. Uma das gemas formou o Sol e de uma das claras se criou a Lua. Das pintas de um ovo se fizeram as estrelas, de seus pontos enegrecidos, surgiram as nuvens-tempestade.

Agora o tempo se contava, na sucessão de dias até que chegasse o décimo verão, momento em que Ilmatar voltou à superfície e começou sua criação. Onde tocou surgiram montanhas, por onde pisou povoaram peixes, de suas curvas fizeram-se as costas e enseadas. Quando nadou para longe da costa, formaram-se pequenas ilhas.

No arquipélago organizado, nas rochas esculpidas, sob os pilares do céu erguido ela nadou, ainda grávida, por mais trinta verões e o mesmo número de invernos. Em sua dor, pediu ajuda à Lua e ao Sol, suplicou assistência à Grande Ursa Polar, para que guiassem seu filho ao mundo.

Mas nada, nem ninguém se moveu. Foi só então que ele pareceu se impacientar. Moveu a porta do forte, destrancou o portal de osso. Com os dedos do pé esquerdo por lá passou. De joelhos, porta afora, caindo na água.

No outono do oitavo ano chegou à superfície. Por fim tocou aquela terra sem nome, o país sem árvores. De joelhos se ergueu e finalmente viu o Sol, a Lua e a Grande Ursa. Nascia, assim, Väinämöinen, o eterno bardo, de sua mãe, Ilmatar.

# 2
## O Florescer da Kalevala

Habitava Väinämöinen a terra seca e sem árvores que tinha encontrado ao nascer. Imerso em seus pensamentos, incumbiu o pequeno Pellervoinen, campestre rapaz, de semear aquele país. Em todo seu plantio parecia ser feliz: as bétulas dos lamaçais, os salgueiros das montanhas, os abetos nos caminhos, os pinheiros emoldurando o céu, todos iam frondando e florescendo. O eterno bardo o acompanhava, encantado com as cores que agora tingiam sua terra.

Somente o carvalho, planta sacra, não crescia. Por uma semana o bardo esperou a árvore a irromper até que, à beira da água, viu quatro donzelas a aparar suas ervas. Da pilha que se formou nada chegaram a construir, pois ela foi tomada pelas chamas da besta vinda do mar. De suas cinzas surgiu mais uma semente, da qual dois talos gêmeos cresceram mais frondosos do que se esperava, tão grandes e espessos que nem o Sol ou a Lua conseguiram superar.

Na escuridão que se seguiu, Väinämöinen buscou um lenhador para cortar o imponente carvalho, crescido além da conta. Pediu ajuda à mãe e do mar veio um homem, nem grande nem pequeno, sem formas de sujeito forte, vestindo roupas, chapéu, cinto e machado de cobre.

Curioso, o velho bardo perguntou ao franzino rapaz: "Que espécie de homem és? De que triste raça vens?"

Ao que o franzino rapaz respondeu: "Sou homem bastante bom, do povo das ondas, e vim cortar esta frágil árvore."

Väinämöinen não resistiu e discordou: "Não me pareces feito nem designado para o trabalho!" Mas nem acabara de dizê-lo viu o homem transformar-se. Com os pés esmagou o chão, as nuvens apoiaram-se em sua cabeça, ultrapassou a barba seus joelhos, e os cabelos, o seu pé.

Devidamente renovado, assoviava enquanto refazia a lâmina de seu machado. Foi com ele que acertou a árvore não uma, não duas, mas três vezes. Tombou por fim o carvalho, tronco do mundo. Para o Leste ficaram suas raízes, sua copa para o Noroeste, as folhas para o Sul e os ramos para o Norte.

Folhas, ramos e lascas voaram pelos ares e também pelo mar se espalharam. Quem pegou um ramo encontrou alegria eterna. Para os que acharam folhas da copa foi reservada perene magia. Já os galhos frondosos traziam consigo interminável paixão.

Väinämöinen observava a diáspora e, na beira do mar, ele próprio encontrou sete sementes. Delas fez uma clareira, preservando somente uma bétula em seu lugar, para as aves descansarem.

Eis que chegou a águia, ave do céu, que reduziu tudo a chamas. Das cinzas, o eterno bardo fez semeadura, suas sete esferas pôs no chão.

Sem esperança que viessem a brotar sozinhas naquela terra ressequida, pediu ajuda a Ukko, pai do firmamento, que trouxe os ventos para empurrar as nuvens todas juntas e esparramar água do céu.

Nem uma semana se passou e a cevada já havia brotado, circundando a bétula, única árvore por Väinämöinen poupada e pelas chamas não consumida. Agora, ao invés da fogosa águia, quem a habitava era o cuco, que, agradecido, cantaria as belezas e a riqueza daqueles campos.

# 3
## Joukahainen

Os campos da Vainola agora tinham nome: Kalevala, a Terra de Heróis. Dentre as árvores recém-crescidas, noite após noite, Väinämöinen cantava os encantos de sua terra.

Tal como o vento, as canções viajaram, dos limites do ártico aos mares do Sul, até que chegaram aos ouvidos de Joukahainen, filho da Lapônia. Tomado pela inveja dos talentos do velho bardo, decidiu viajar à Kalevala e desafiá-lo a um duelo.

Seu pai o proibiu de seguir por lá, prevendo uma derrota humilhante. Joukahainen sabia que seu pai era sábio, e sua mãe ainda mais. No entanto, movido pelo desejo de provar seu valor, saiu sem cautela em seu trenó dourado.

Seguiu sempre em frente, por dois dias em seu trenó, até que o crepúsculo do terceiro dia, sem parada ou descanso, o trouxe a uma clareira da Kalevala. Foi por lá que cruzou com o velho bardo, ao que lhe perguntou: "Quem és tu, que segues desatinado por minhas terras? De onde és? De que família?"

Mas a Joukahainen não interessavam longas apresentações, e o afobado trovador respondeu com mais perguntas e ordens: "Meu nome é Joukahainen, e tu, de que raça nasceste? Diz-me de tua casa!"

O velho bardo, então, se apresentou, e exigindo respeito do jovem:

> "Se és tu Joukahainen
> Deves dar-me caminho
> Pois tenho muitos mais verões."

O argumento dado a Joukahainen teve o mesmo efeito daqueles ofertados a qualquer jovem afoito, sendo desprezado em prol de um duelo de canções.

> "Jovem ou ancião, pouco me importa.
> Pouca consequência tem a idade.
> Aquele que supera em sabedoria,
> Cujo conhecimento é maior,
> O cantor de trovas mais doces
> Deve tomar o caminho.
>
> Não és tu Väinämöinen,
> Famoso mago e menestrel?
> Comecemos, então, a cantar
> Narrar as lendas ancestrais
> Cantarolar a sabedoria angariada.
> Que um ouça ao outro,
> Para julgamento formar."

A princípio Väinämöinen hesita. Havia vivido sempre ele, sempre sozinho, com as árvores por companhia, só os pássaros a emoldurar seu canto. Só daquilo sabia cantar:

> "O que sei é muito pouco
> Quase não vale a pena cantar.
> Tampouco meu canto faz maravilhas.
>
> Todos os meus dias residi na
> Fria e triste Terra do Norte
> Em paragens encantadas e desertas.
>
> Todas as canções que coletei são
> Regidas pelo cuco.
> De algumas eu me lembro e,
> Se assim exiges, aceito teu desafio.
>
> Conta-me agora, dourado jovem,
> O que sabes tu mais do que os outros.
> Desvela tua sabedoria guardada!"

Então o que sabia Joukahainen das coisas de sua terra,
assim narrou:

"Conheço muitas coisas
Isso sei com certeza
Todo telhado deve ter chaminé,
Toda lareira, brasas;
Vidas de foca são livres e felizes,
Feliz é a vida da morsa,
Alimentando-se do salmão insuspeito
Comida diária nas piscinas calmas.
Salmão gosta do fundo liso
Que desafia as tempestades do inverno,
Para que suas ovas na praia
Cheguem a recomeçar o verão.

Se essa sabedoria te parecer pouca,
Posso te contar outras coisas,
Cantar dizeres mágicos:
Todos os homens do Norte colhem com renas
Em suas terras de delgadas árvores
Cercadas por três.
Três cachoeiras em número,
Três oceanos em terra,
Três montanhas vistosas
Desafiando a imponência do céu
Hallapyora ao lado de Yaemen,
Katrakoski em Karyala
Imatra, de água cadente
Rola e canta até Wuoksi."

Ao que respondeu Väinämöinen:

"Contos de mulheres e sabedoria de crianças
Não agradam um herói barbado.
Herói, velho o suficiente para casar.

Conta-me a história da criação,
Do início do mundo.
Conta-me de suas criaturas
E filosofa um pouco."

## Assim retrucou Joukahainen:

"Conheço bem as fontes
Os filhotes de pássaro almejando o mundo
E a víbora verde, a serpente.
Peixes que habitam todos os rios.
O ferro enferruja e assim enfraquece,
Amargo é o gosto da úmbria.
Água fervente é maliciosa,
Fogo é sempre repleto de perigo.
O primeiro médico foi o Criador
O remédio mais antigo, a água.
Magia é filha da espuma do mar
Deus é o primeiro e melhor conselheiro
Água jorra de toda montanha
O fogo descendeu primeiro dos céus
Ferro da ferrugem foi forjado
Cobre, das rochas criado.
A primeira de todas as árvores, o salgueiro
Pinheiros foram as primeiras casas
Pedras ocas, as primeiras chaleiras."

## Zombou, então, Väinämöinen:

"Não podes dar-me alguma sabedoria?
Essa besteira é tudo que conheces?"

## Mas não se retraiu Joukahainen:

"Posso contar de tempos ancestrais
Quando colhi salmões do seio do mar

Talhei as cavernas mais profundas.
Quando todos os lagos foram criados
Quando foram erguidas as montanhas ao redor
Quando empilhei as rochas
E fui apresentado como herói
Sexto entre os heróis sábios ancestrais
Sétimo de todos os imemoriais.

Quando os céus foram criados
Quando o éter se formou
Quando o céu se apoiou nos pilares de cristal
Quando o arco-íris foi curvado
Quando a Lua foi posta em órbita
Quando o Sol foi plantado
Quando a Ursa foi posta
Quando as estrelas foram salpicadas."

## Partiu o velho bardo ao ataque:

"És certamente um príncipe —
Entre os mentirosos!
Nunca esteves, em tua existência,
Certamente nunca presente,
Quando o seio do mar foi colhido
Quando as grutas de salmão foram talhadas
Quando foram erguidas as montanhas ao redor
Quando as rochas foram empilhadas.

Tu nunca viste ou ouviste
Como a terra foi criada
Quando o éter foi forjado
E apoiado em pilares de cristal.
Quando a Lua foi posta em órbita
Quando o Sol foi plantado
Quando a Ursa foi posta
Quando o céu foi salpicado de estrelas."

Rendendo-se à raiva, respondeu Joukahainen:

"Então, senhor, se falho na sabedoria,
Com a arma ofereço batalha
Venhas, famoso bardo e menestrel
Traga tua lâmina à prova."

Retrucou Väinämöinen:

"Nem tua espada, nem tua sabedoria
Nem tua prudência, nem tua esperteza
Eu temo um só momento.
Não contigo, falastrão,
Não com alguém tão vaidoso e diminuto,
Irei jamais testar minha lâmina."

O jovem Joukahainen, com a boca seca e os dedos nervosos correndo pelos cachos loiros, respondeu:

"Quem teme o teste da lâmina
Se recusa a medir forças
Não merece a grandeza da floresta
Somente o coração suíno
Na sujeira dos estábulos."

A raiva brotou em Väinamöinen, mas o experiente bardo se recompôs para quebrar o silêncio e começar seu maravilhoso canto.

Cantou ele não as notas de infância, as ideias de criança, a sabedoria das mulheres. Cantou de heróis barbados, que crianças, rapazes e damas jamais ouviram. São conhecidos em parte por muitos heróis, nestes dias de maldade e de povos caídos.

Com grandeza, cantou Väinämöinen até que as montanhas e rochas tremessem com suas mágicas melodias. Até que desfiladeiros se despedaçassem, oceanos se revoltassem e montes distantes ecoassem seu clamor.

O jovem pretencioso Joukahainen, mesmerizado em silenciosa admiração, segurava firme nas rédeas do trenó, enquanto a canção do velho bardo o afundava como areia movediça. Compreendeu, então, com clareza pela primeira vez, a loucura de sua viagem, a vaidade de seu propósito contra o grande e velho Väinämöinen.

Não tardou para que o jovem percebesse que seus pés não mais lhe obedeciam e, descendendo ao desespero, chegou à súplica:

"Oh sábio e valoroso menestrel
Único verdadeiro mago
Cessa o encantamento
Liberta-me desta rochosa prisão.
Suspende o encantamento
E pagarei o resgate dourado."

Mas o velho Väinämöinen não confiava em generalidades, e exigiu precisão do pretencioso jovem. Prometeu Joukahainen, então, dois arcos mágicos, mas o velho menestrel já os tinha em abundância, até mesmo arcos que riam dos caçadores e sozinhos encontravam suas presas.

Prometeu o jovem dois barcos mágicos, capazes de carregar o peso do mundo, mas o velho bardo já os tinha em quantidade, que navegaram mesmo contra a vontade dos céus.

Repensando suas posses, prometeu dois garanhões mágicos, ouro em abundância e toda a prata que pudesse carregar, além de todos os campos de milho que desejasse semear.

Sem sucesso com nenhum de seus preciosos tesouros, fez uma última tentativa:

"Cessa teus encantamentos
Liberta-me de tua prisão
E te darei minha irmã, Aino,
Mais bela filha de minha mãe,
Noiva para ti por todo sempre."

Conquistou, assim, o velho bardo, com a promessa de uma bela jovem por esposa, a se tornar o orgulho e a alegria dos campos da Kalevala.

Recomeçou, então, a cantar. Com cada nota, o encantamento enfraquecia até que a magia foi quebrada. Joukahainen, mais triste e mais sábio, respirou livre novamente e seguiu o rumo de casa.

Seu caminho se revelou tão tortuoso quanto sua infeliz aventura, e o trenó chegou a seu destino aos pedaços.

A mãe correu até ele, mas o pai a interrompeu:

"Como podes ter quebrado teu trenó?
Porque essa atitude
Rude e selvagem?"

Joukahainen, com o coração partido, pôs-se a chorar. Tamanha tristeza percorreu os olhos e lábios do pobre inconsequente rapaz, que as palavras mais uma vez lhe escaparam.

Assumiu, então, a mãe os questionamentos.

"Diz-me, meu primogênito,
Por que choras, com o coração pesado?
Por que tua mente está tão desalentada?
De onde vem a tristeza em teus olhos?"

Joukahainen reuniu todas as suas forças para revelar a triste verdade por trás de seu resgate:

"Mãe dourada, sempre fiel
Causas tenho suficientes
Amargura nas lágrimas
De todos os dias tristes que ainda viverei
Pois, mãe minha,
Prometi minha irmã, Aino,
Tua amada filha
Ao velho Väinämöinen
Noiva dele por todo o sempre
Companhia junto ao fogo."

Com alegria improvável respondeu a mãe, mãos unidas frente à boca:

"Chora não mais, meu filho amado,
Não há razão para tristeza.
Há muitos anos tenho rezado
Para que o sábio e valente Väinämöinen
Desposasse a bela Aino
Genro para mim, tua mãe."

Mas a adorável donzela, querida irmã de Joukahainen, compartilhou a tristeza de seu irmão e chorou por um dia e uma noite. E por um segundo e terceiro dias. Foi só então que a mãe lhe perguntou:

"Por que choras, bela Aino?
Encontraste um nobre pretendente
Serás rainha em sua morada."

Ao que respondeu Aino:

"Não mais vestirei dourado
Não mais joias nos cabelos
Agora, só lenços de esposa.
Minha infância perdida, juventude partida
Longe de minha casa estarei."

Mas a mãe via a mesma paisagem do alto de outra montanha:

"Cessa tua tristeza, tola dama,
Pois são lágrimas ingratas.
Os raios de Sol atingem todas as casas
Flores brotam em cada jardim
Lá como cá, doce Aino."

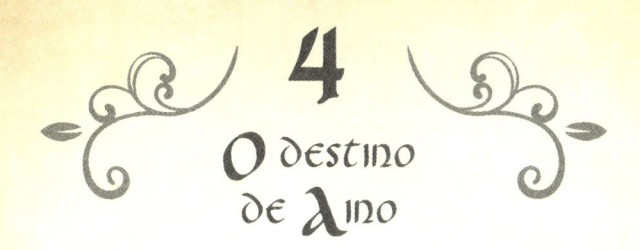

# 4
## O destino de Aino

Quando a noite cessou, Aino, bela irmã de Joukahainen, seguiu com pressa à floresta, para reunir franjas de bétula para seu pai, confeccionar uma vassoura de galhos para sua mãe e plissados de seda para sua irmã.

Colhidos os frutos de seu trabalho, correu para casa. No entanto, na trilha tão familiar, se deparou com um estranho conhecido, personagem que povoava seus noturnos pensamentos.

Adornado com sofisticadas vestimentas, Väinämöinen, o velho menestrel, a ela se dirigiu:

> "Aino, beleza do Norte,
> Não te vistas, adorável dama, para outros
> Veste-te para mim, doce donzela.
>
> Cruz dourada sobre o colo
> Pérolas brilhantes em teus ombros
> Tece para mim tuas tranças aloiradas
> Adorna-te para mim com braceletes dourados."

Vendo no ancião a realidade da promessa de sua mão, respondeu a dama:

> "Nem por ti nem por outros
> Penduro a cruz em meu pescoço
> Adorno meus cabelos com laços de seda
>
> Foi-se o tempo que precisava de agrados brilhantes
> Trazidos por navio ou barca.

Prefiro as vestimentas mais simples,
Alimentar-me do pão da cevada,
Morar para sempre com minha mãe
Na cabana de meu pai."

Começou, então, a retirar a cruz e a joias, a desfazer-se dos anéis e a desatar os laços de seda. Deu-lhes todos, com indignação, à floresta e a suas flores.

Correu em seguida para a casa de sua mãe. Na janela encontrou seu pai, afiando seu machado de carvalho. Vendo a filha transtornada, perguntou-lhe por que tanto chorava.

Ao que Aino respondeu-lhe:

"Tenho muitas causas para chorar,
Boas razões para luto
Eis a razão de minhas lágrimas
Eis a causa de minha dor:

De meu peito arranquei minha cruz,
De meu vestido, a fivela de cobre,
De minha cintura, o cinto de prata.
Dourada era minha bela cruz."

Perto da porta sentava-se seu irmão, esculpindo um arco de bétula, igualmente preocupado com as lágrimas da bela dama. Também a ele Aino confessou a nostalgia pelos adornos dos quais havia se desfeito na afronta a Väinämöinen, seu prometido.

Sua irmã sentava-se na sala de estar, tecendo uma cinta dourada, mas tal visão só lhe trouxe à mente os laços púrpuros que havia deixado no bosque.

Por fim, encontrou sua mãe na leiteria, batendo creme num ritmo familiar. Para ela Aino guardou toda a narrativa, dos presentes que tecia e juntava para oferecer a sua amada família quando fora interrompida por Väinämöinen. Contou a indignação que a levou a despir-se de suas joias e dizer adeus a seus adornos. A mãe ouviu seus lamentos e aconselhou-lhe a não chorar mais, a não desperdiçar seus jovens momentos:

"Come e bebe minha comida,
Cresce bela e forte!
Se ainda em dúvida
Segue para o topo da mais alta montanha
Lá criei um celeiro
Com os adornos mais belos que possas imaginar,
Tecidos pelas filhas da Lua,
Criados pelas meninas do Sol."

Contou-lhe a mãe que, em seus jovens anos, tinha grande prazer em passear pelas montanhas colhendo frutos. Foi por lá que, certa vez, ouviu as filhas da Lua e as meninas do Sol fiando seus belíssimos tecidos no limiar da floresta azul, no topo da mais alta e distante montanha.

A mãe, ainda menina, aproximou-se das divinas damas e pediu gentilmente que lhe doassem uma das esplêndidas peças a uma pobre e valorosa donzela. Condoídas, das filhas da Lua recebeu peças prateadas, e das damas do Sol, tecidos de um dourado profundo. Ganhou peles em abundância, tesouros como nunca se viu! Todos eles até então guardados com cuidado, em baús talhados à mão.

Prometeu a mãe que, com a grandiosidade das peças mantidas desde seus tempos de donzela, a doce Aino teria enfim vestimentas dignas de sua beleza. Garantiu-lhe que, ao trazê-las para seu quarto, sentir-se-ia graciosa como uma princesa, mais resplandecente do que o luar.

Infelizmente, a jovem não se impressionou com a narrativa ou com os presentes da mãe e, ainda chorando, correu para o quintal. Em sua inquietude, a alegria trazida pelas riquezas sem igual e o contentamento de um lar feliz não mais lhe traziam à mente os espelhos d'água dos lagos que emolduravam sua casa ou mesmo as águas do rio, fluindo cristalinas. Lembravam-lhe agora um rio no inverno, imensidão imóvel sob a rigidez do gelo.

Lembrava de seus dias de meninice, há pouco terminados, em que desconhecia a dor e a angústia, nos quais seus dias se completavam nos bosques, doces como as frutas nos arbustos, suaves como a grama a seus pés. Chegou até a pensar que teria sido melhor se não tivesse conhecido a luz do Sol, se somente dias tivesse experimentado de vida.

Por mais três dias chorou, e sua mãe prosseguiu questionando-lhe o motivo de suas lágrimas. Disse-lhe Aino que melhor teria sido se a tivessem mandado para o mar salgado. Melhor seria nadar como uma sereia e ser amiga do salmão do que ser companheira do velho Väinämöinen, alegria de seus anos finais, abrigo das tempestades da vida. Melhor seria ser irmã dos peixes do que amada e escrava de um ancião.

Saindo de casa, seguiu o rumo da montanha mais alta, no limiar da floresta azul. Por lá encontrou os baús, morada dos tesouros de sua mãe. Com eles, adornou-se como nunca antes. Cintilando sob o Sol, cantarolou enquanto vagava pelas belas paragens. Mas seu canto não aliviou a angústia em seu coração e seu desejo por água, por uma morada de cristal.

Vagou por um dia, e então por um segundo e um terceiro, da aurora ao crepúsculo. Sentou-se, então, à margem de um rio e ouviu apenas o canto do vento e das águas.

Ao alvorecer viu, para sua surpresa, sentadas na espuma das águas, quatro sereias repousando. Foi então que a chorosa dama começou a despir-se de suas luxuosas vestimentas. Com cuidado, pendurou seu vestido de seda nos amieiros, deixou a cruz dourada cair na beira da praia. No choupo pendurou seus laços, nas rochas, suas meias de seda, na grama, seus sapatos de couro de cervo, na areia, seu cordão brilhante, com seus anéis e joias.

Na distância do mar, avistou uma rocha cor de arco-íris, brilhando sob o Sol. Até ali nadou, desejando descansar um pouco. Mas a tormenta não tardou a chegar ao mar. Para frente e para trás jogou suas ondas, até que a rocha multicolorida não resistiu. Até o fundo o arco-íris rochoso pendeu, com a infeliz dama agarrando-se às suas bordas.

Assim caiu a adorável dama, amada filha e irmã. Nunca voltou à superfície. Para sempre as águas do mar serão o sangue da bela Aino, os peixes eternamente sua carne e todas as algas serão tranças da beleza do Norte.

Quem contará essa triste e malévola história? Quem narrará esse infortúnio à sua mãe? Como chegará o conto à cabana de seu pai? Não poderia ser o lobo, pois comeria todos os cordeirinhos. Nem tampouco a raposa, que comeria os patos e as galinhas.

A triste incumbência recaiu, então, à inocente lebre. Galopou ágil como uma águia, mas a casa estava vazia. A lebre foi, então, à casa de banho. Lá encontrou damas que quase lhe fizeram de jantar. Escapou de seu destino ao narrar a triste história, ao contar que Aino, irmã querida de Joukahainen, no mar havia encontrado seu fim.

Contou de sua despedida dos adornos brilhantes e de sua busca por descanso na colorida rocha no mar. Ouviu a mãe a triste narrativa. Virando-se para as presentes e futuras mães, aconselhou:

> "Nunca incitem suas filhas
> A saírem contra vontade
> Das casas de seus pais
> Rumo a noivos que não amem
> Não como eu, que afastei
> Minha doce Aino
> Mais bela filha das Terras do Norte."

Fluíram as lágrimas da mãe, de seus olhos às vestimentas e então ao chão, partindo para a terra como sua posse, partindo para a água como sua porção. Fluíram como esbeltos rios, até uma catarata formarem. Das cachoeiras surgiram três rochas, de cada uma no topo um monte, em cada monte uma bétula, em cada bétula um cuco cantando. E todos os três entoaram em uníssono:

"Oh, amor!
Oh, prometido!
Oh, consolo!"

Por seis luas cantaram para o noivo. Cantaram pelo coração partido da mãe, cujos sofrimento e lágrimas jamais cessarão. E o canto fez fluir suas lágrimas, libertando a tristeza que seria sua companhia.

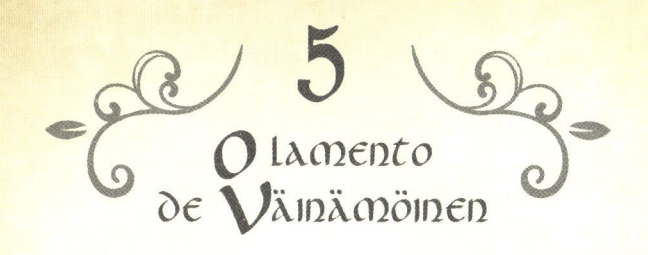

# 5
## O lamento de Väinämöinen

Por longas milhas a história viajou, ainda que palavras não fizessem justiça à vida, fuga e morte da adorável Aino, querida irmã de Joukahainen, a mais bela dama da criação.

Não tardou para que o conto chegasse a Väinämöinen, bravo e íntegro. Do auge de seus anos, da fortaleza de seu canto, o velho menestrel perdeu suas palavras. Por dias inquietos e noites insones, chorou. Suas lágrimas teriam sido suficientes para outro oceano criar, enquanto imaginava sua prometida descendo ao fundo do mar, abraçada à rocha arco-íris.

Com o coração pesado como antes nunca sentira, perguntou a Untamo, deus dos sonhos, mesmo sabendo que a divindade dos devaneios não gostava de ser perturbado:

"Diz-me, Untamo,
Conta-me, sonhador,
Onde podem estar as divindades da água
Onde descansam as damas de Vellamo?"

Mesmo sonolento, Untamo responde ao velho menestrel:

"Logo ali, na morada das sereias,
Vivem as damas de Vellamo
No promontório verde
Nas profundas e veludosas águas
Nas praias violeta.

Aquela é a morada das damas do mar,
Habitam as câmaras do mar,

Descansam nas cavernas aquáticas
Nas rochas cor de arco-íris
Junto aos monumentais rochedos."

Sem delongas, seguiu Väinämöinen à beira do mar. Com cuidado escolheu linhas, redes e iscas para abastecer seu barco. Com cuidado remou para o promontório verde, para as profundas e veludosas águas, para a praia tom de violeta, onde as damas do mar descansam.

Assim que chegou, lançou sua linha ao mar. Dourada era a cor do anzol escolhido e de seda, as redes usadas. Por dias e noites tentou fisgar uma resposta, até que numa manhã ensolarada um exausto peixe mordeu sua isca.

Já em seu barco, diz-lhe o velho menestrel:

"Vós que sois o mais belo de todos os peixes
Que igual nunca vi
Mais suave que o salmão
Mais brilhante que a truta
Mais cinza que o lúcio,
Tens menos barbatanas que qualquer fêmea
Não as barbatanas de macho
Nem as faixas das damas no mar nascidas.
Não sois como aqueles das profundezas do mar."

Em seu cinto trazia uma faca com cabo de prata. De sua bainha tirou a faca de peixe, para cortá-lo em pedaços, para preparar o inominado peixe a ser assado. Talvez um belo café da manhã, talvez uma refeição para mais tarde.

Mas nem bem tocou a faca no peixe, sua presa saltou de volta às águas, mergulhando nas profundezas. Subiram, então, as águas e sete ondas impediram o avanço do velho menestrel. Foi então que o peixe voltou à superfície e disse assim:

"Väinämöinen, velho menestrel,
Não pensa que vim até aqui
Para ser pescada como salmão,

Somente para me ver em pedaços,
Preparada e assada como badejo,
Fazendo para ti café da manhã
Fazendo para ti refeição para mais tarde,
Prato saboroso para o mestre da Kalevala."

Confuso, perguntou-lhe então o velho menestrel, para que teria vindo, senão para virar jantar?

Respondeu-lhe, então, o inominado peixe:

"Aqui vim, oh menestrel,
Fugir de meu destino,
Do comando que me foi dado:
Em teus braços descansar e permanecer,
Esposa tua para sempre,
Varrer tua casa e mantê-la alegre,
Alimentar o fogo,
Para ti cozinhar,
Teu copo manter cheio,
Teu coração manter satisfeito.

Não sou peixe do mar,
Nenhuma truta das águas do Norte
Sou jovem e bela dama
Amiga e irmã dos peixes,
Irmã mais nova de Joukahainen,
Sou Aino, quem tu pensaste amar.

Tu eras o herói
Com todas as palavras a seu dispor
Agora és o tolo Väinämöinen,
Parco de visão, parco de julgamento
Que não soube o bastante
Para manter-me.
Coração duro, tentou matar-me
Com faca de peixe
E assar-me para o jantar

Eu, agora sereia de Vellamo,
Antes bela e adorável Aino,
Querida irmã de Joukahainen."

Sentindo a dor e o arrependimento brotarem em seu coração, respondeu-lhe Väinämöinen, implorando para que voltasse a ele. Em resposta, a dama do mar mergulhou ainda mais fundo.

Sua atitude não desencorajou o velho menestrel, determinado a viver, lutar e conquistar sua prometida. Remou como nunca antes, com sua rede de seda lançada em cada rio da Kalevala, em todos os lagos da Lapônia, pelas águas de Vainola, em todos os recantos de Joukola.

Toda sorte de peixes encontrou, mas assim eram: somente peixes. Nenhuma dama do mar, nenhuma irmã de Vellamo, bela dama do Norte.

Exausto em suas buscas, sentiu novamente a dor da perda. Em seu renovado luto, lembrou-se do tempo em que era sábio e musical, em que seu instinto servia às suas virtudes. Percebeu que o peso de seus anos deveria ter-lhe ensinado prudência e cuidado. Deveria ter honrado sua prometida, ouvido seus lamentos. Talvez assim a adorável Aino, agora dama do mar, não teria por duas vezes escapado por entre seus dedos.

Partiu com as mãos vazias e o coração pesado, de volta à sua terra, à sua Kalevala. Lembrou que não ouvia mais o cantar do cuco, para sempre transformado pela dor. Cogitou que nunca aprenderia o segredo de como viver e como prosperar, de como descansar na terra e vagar pelo mar.

Se ao menos sua mãe ancestral vivesse nas terras do Norte, certamente poderia aconselhá-lo sobre o que pensar e como agir, para que a dor lhe escapasse, para que a nuvem negra que o perseguia se dissipasse.

No éter onde fora sua morada, a mãe respondeu:

"Somente dormindo estão as mães,
Sempre aguardando chamados de seus filhos

Desperta agora para dar-lhe uma resposta
Oferecer-lhe um caminho.

Não persigas quem deseja liberdade
Faz teu caminho sempre ao Norte
Refaz laços de amizade na Lapônia
Conhece suas damas
De inigualável graça e beleza
Honra tua casa e teu povo."

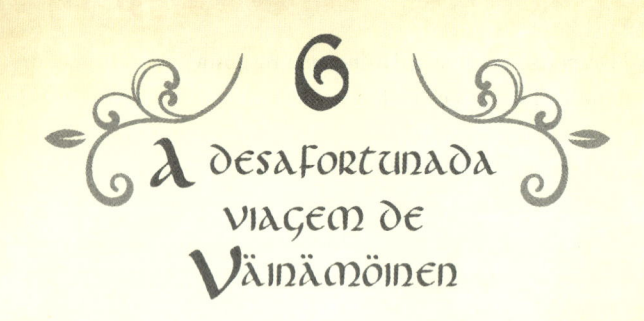

# A DESAFORTUNADA VIAGEM DE VÄINÄMÖINEN

Seguindo o conselho recebido, Väinämöinen começou seus planos de viagem para Pohjola, a Terra do Norte, casa de invernos cruéis, pouco Sol e de excelentes pretendentes. Ajeitou, primeiro, a sela, as rédeas e o cabresto. Depois, sentou-se confortável em sua montaria.

Sempre em frente, sempre ao Norte ao longo da estrada, em seu corcel mágico multicolorido, enquanto traçava desenhos nas matas de Vainola e nas planícies da Kalevala.

Chegou até as margens do oceano azul, sem que as ferraduras mágicas se molhassem nas águas do mar. Continuou sempre em frente, sempre ao Norte, aproximando-se, assim, perigosamente do lar da raiva e da inveja de Joukahainen.

Não muito longe dali o jovem trabalhava arduamente em seu arco, talhado ricamente da mais nobre madeira, e confeccionava flechas dos materiais mais valiosos, fortes e afiados.

Escolheu a dedo os pardais cujas penas dariam à sua arma direção e velocidade. Caçou víboras para em seu veneno mergulhar as pontas de suas flechas, tomando para si o poder de defesa e destruição da natureza.

Uma vez terminado seu trabalho, o jovem menestrel da Lapônia esperou por uma chance de avistar Väinämöinen, o velho mago da Kalevala. Sua espera foi longa, mas não infinita. Na fraca luz do raiar de um dia, Joukahainen de Pohjola, menestrel da Lapônia avistou seu alvo.

Com toda a sua raiva e inveja pegou o arco confeccionado com sua dor, mas, antes que pudesse lançar uma só flecha, sua mãe lhe perguntou: "Para qual morte preparaste este arco? Para qual castigo envenenaste as flechas?"

Joukahainen respondeu a verdade: as flechas tinham sido feitas e envenenadas para matar o eterno bardo e herói, para destruir seu rival menestrel.

Ao ouvir os tristes planos do filho, pediu a velha mãe que não matasse Väinämöinen, pois com ele morreria seu canto magistral, com ele pereceria a mágica de sua música. Nunca mais suas notas magistrais seriam ouvidas na Kalevala, sendo mantidas para sempre na terra dos partidos.

Com uma das mãos, o jovem Joukahainen segurou ainda mais forte no arco, com a outra, cuidadosamente segurou a flecha. Para ele a alegria trazida pelo canto do rival nada mais era que uma lembrança da origem de sua dor.

Escolhendo as melhores flechas, apoiando o arco contra o corpo, mirou ao longo da margem, desejando o alvo no coração de Väinämöinen. A primeira flecha foi disparada e ascendeu aos céus, longe do alvo, para dispersar nuvens insuspeitas. Sem perder o ímpeto, Joukahainen selecionou outra flecha, mas para a terra esta mergulhou, dividindo em dois o monte mais próximo.

Ainda acreditando em sua missão, escolheu uma terceira flecha. Refazendo sua mira, conseguiu, assim, acertar o corcel encantado. A magnífica montaria caiu assim no mar, e as ondas carregaram o cavalo e seu eterno cavaleiro para longe das terras do Norte.

Gritou em júbilo o tolo menestrel, comemorando a morte do velho Väinämöinen, declarando-o fadado a nadar pelo oceano por seis anos, a navegar as ondas por sete verões, a cavalgar as águas por oito invernos.

Sua mãe, que pouco vira da triste evolução, perguntou-lhe se havia, de fato, matado o herói da Kalevala. Seu filho narrou o percurso de sua flecha, o corcel perdido e o velho mago sendo engolido pelas águas revoltas do mar. No entanto, a confirmação do impensável feito do jovem bardo trouxe somente tristeza para sua genitora, inconsolável pela perda da alegria de tantos habitantes da Kalevala.

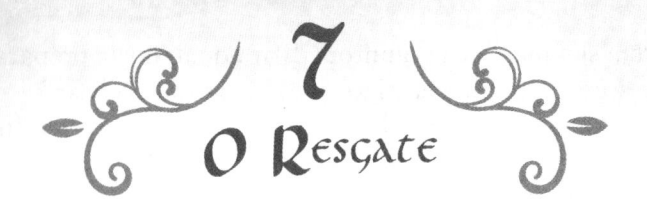

# 7
## O Resgate

Väinämöinen, velho e verdadeiro, nadou as profundezas do mar azul, boiando como um galho esmorecido. Nadou por seis dias de verão, por seis noites de luar. Mesmo com todo seu esforço, por mais dois dias e noites precisou nadar, os mais longos de sua extensa vida.

Na noite do oitavo dia sua vontade fraquejou. Amaldiçoou o dia em que deixou sua casa e seu povo em busca de uma bela donzela. Em sua luta por continuar existindo, sentiu a força e a eterna mudança trazida pelo mar, mas, naquele momento, tudo que desejava era uma firme e imutável fundação onde construir um futuro seguro.

Em meio a esse anseio, uma ave sobrevoou o velho mago. Vinha de Pohjola, a Terra do Norte. Não tardou para que a águia avistasse o ancestral menestrel e lhe desse a palavra. Väinämöinen não desperdiçou a chance de narrar seus dissabores: sua reputação como menestrel, suas desventuras contra o jovem tolo Joukahainen, o golpe por ele desferido contra seu corcel mágico, a queda no oceano, os terríveis ventos que lhe afastaram da segura costa.

A imensa ave já conhecia o canto de Väinämöinen e as histórias de seu amor pelas árvores, lar de todas as criaturas aladas. Sentiu-se honrada em ajudar o velho menestrel, oferecendo seu dorso para que os dedos cansados do velho mago se agarrassem com esperança de vida.

Assim foi resgatado das águas, por obra da imensa e agradecida águia. Montado na magistral criatura foi levado até a costa, onde a ave se despediu para se juntar a seus companheiros.

Salvo, porém exausto, desiludido e ferido, Väinämöinen chorou todos os seus infortúnios. Por três dias não lhe coube nada fazer. No solo que tanto havia desejado encontrar não havia marcas ou pegadas, nenhuma pista de qual caminho seguir. Nem para o Norte, rumo às belas damas de Pohjola, tampouco rumo ao Sul, para sua amada Kalevala.

Mal sabia nosso herói que naquelas praias havia vida. Não muito longe dali seu triste canto interromperia a labuta diária de uma jovem dama, trabalhando desde o raiar do Sol. Tecia ela, varria e cozinhava como toda moça prendada do Norte, quando ouviu o lamento inesperado.

Correu para a cabana de sua mãe, Louhi, a senhora do Norte, trazendo sua atenção para o sofrimento que não trazia em si medos infantis ou tristezas femininas. Louhi percebeu, do alto de seus anos, que aquela era a angústia de um herói.

Seguiu a matriarca para o encontro do velho menestrel, encontrando-o na praia onde a águia o havia deixado, exausto e ferido. Pediu-lhe que narrasse a insensatez que o havia deixado naquele estado. Väinämöinen atendeu a seu pedido e, saudoso de sua gente, contou como tinha sido levado àquela terra de estranhos. Ao final de sua história deu-lhe seu nome, que traz desde sempre as honrarias do canto sublime residente das montanhas de Vainola e das planícies da Kalevala.

Ao ouvir as desventuras do velho menestrel, Louhi, senhora de Pohjola, decidiu resgatar o herói da Kalevala e levá-lo para sua morada. Remando para o Norte, prometeu-lhe um lugar à sua mesa, a companhia de seu povo junto ao fogo, um alívio após tantas desilusões.

Embora grato pelo resgate, Väinämöinen manteve uma sombra em seu coração, pois não há mesa mais doce do que a de nossa casa, nem fogo mais acalentador. Desejou, do fundo de seu coração, ver sua terra novamente, retornar um dia à sua Kalevala.

Seu desejo era tão profundo que Louhi rapidamente o percebeu. Perguntou-lhe, então, a arguta Dama do Norte qual recompensa lhe daria para ajudá-lo a retornar à planície de seu povo, aos bosques da Kalevala.

Ofereceu-lhe ouro e prata, mas a dama por eles não se interessava. Consciente de estar na presença do único e verdadeiro mago, pediu-lhe que forjasse o sampo, que talhasse sua superfície com as cores mais belas, pintadas com penas de cisne. Sabendo ser este um pedido extremado, acresceu ao ancestral menestrel a oferta da mão de sua filha.

Mesmo com o anseio profundo de regressar a sua morada, Väinämöinen não pôde furtar-se à verdade: não poderia ele forjar o sampo. Tal tarefa caberia a seu irmão Ilmarinen, primeiro artífice do universo, aquele que forjou os arcos do céu, somente a ele Louhi poderia prometer sua filha.

A Dama do Norte conjurou, então, um trenó capaz de levar Väinämöinen de volta à Kalevala, a seu povo e a seu irmão. A embarcação se movia sozinha e Louhi se despediu do velho menestrel com um aviso: que não tentasse se orientar pelas estrelas. Caso arriscasse descobrir sua localização pela companhia eterna dos astros, um destino cruel se abateria sobre o ancestral mago.

Nem o cansaço, nem as feridas, nem o tenebroso aviso de Louhi puderam, no entanto, diminuir a alegria de sua viagem. Finalmente voltaria para casa.

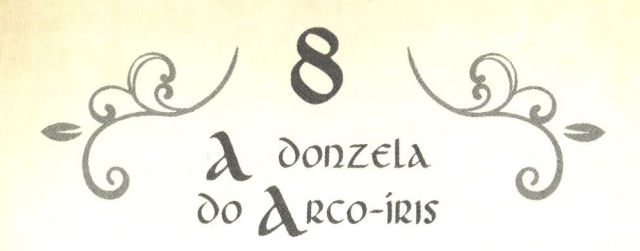

# 8
## A DONZELA DO ARCO-ÍRIS

A encantadora filha do Norte, bela donzela de Pohjola, glória dos céus e das águas, estava, serena e atenta, sentada no arco do céu. Por lá tecia fibras douradas, em seu tear de tramas de prata, obras-primas vindas dos dedos da dama nascida no ar.

O brilho trazido pela tessitura da dama cintilava naquela terra sem luz. Seu serpentear era tão fascinante que Väinämöinen, na embarcação de Louhi a caminho de casa, não resistiu e olhou para o céu. O que por lá encontrou era ainda mais encantador do que o tecido da aurora boreal: os olhos da mais encantadora donzela, sentada no arco do céu.

A ela ofereceu um lugar a seu lado; em seu trenó, em sua casa, em sua terra. No entanto, a oferta não podia ter vindo em pior momento. No dia anterior, na hora em que o Sol se pôs para descansar, a dama havia pedido que o pássaro de canto mais belo lhe contasse como melhor viver: como uma donzela com seus pais, ou como esposa com seu marido.

Pois o belo pássaro atendeu seu pedido e contou-lhe que a vida de donzela é mais doce que os dias de verão. Às esposas, muitas vezes, resta apenas a vida de prisão, o papel daquela a quem nunca se estendem favores.

Väinämöinen, em seu desejo por companhia, considerou o canto do pássaro uma tolice. Afinal, o que o ancestral mago oferecia à encantadora dama era um lugar de rainha a seu lado.

Declarou-se um herói ancestral, mas a dama precisava de provas. A dama exigiu que o menestrel partisse um fio de cabelo dourado em duas partes, usando uma faca cega, e que lhe trouxesse o ovo mais raro, capturado com um laço que os doces olhos da donzela não conseguissem ver.

O ancestral mago não teve dificuldades nas tarefas. Em duas partes iguais dividiu o fio dourado e capturou o ovo mais raro com o poder de sua magia. Reforçou, então, o convite para que se juntasse a ele em seu trenó.

A dama, porém, reservou-lhe novos desafios: desejava um arenito bem talhado e um arreio de gelo, sem fissuras nem farpas. Quando o velho mago lhe entregou as encomendas, fez mais dois pedidos. Uma barca feita à mão, a ser lançada às águas, e o poder de navegar sem velas.

Prosseguiu Väinämöinen em suas tarefas, e bela embarcação estava criando, quando um golpe de machado lhe escapou à madeira, atingindo o joelho do ancestral menestrel. Um rio escarlate jorrou de sua perna para a imaculada neve.

Por ajuda procurou, mas em cada cabana só encontrava estranhos, nenhum disposto a lhe ajudar. Ferido e desiludido, encontrou finalmente um ancião que o ajudou a lembrar-se de evocar a sua magia. Com seu canto magistral poderia evocar a origem do ferro, pois a lembrança da aurora do metal que havia lhe ferido cicatrizaria a chaga que o afligia.

O encantamento lhe trouxe à mente que inúmeras coisas poderiam ser conquistadas com seus cantos de origem e que não havia mais tempo a perder naquela terra de estranhos. A origem do ferro deveria recordar.

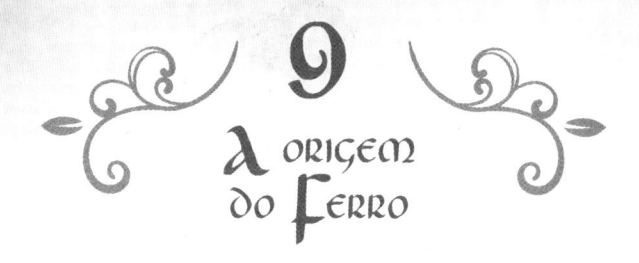

# 9
## A ORIGEM DO FERRO

Seguiu Väinämöinen para a cabana escondida na imensidão do Norte. Lá, foi acolhido por duas damas, que o receberam com jarras de prata e cálices de ouro. Foi nas palavras do velho anfitrião, entretanto, que o bardo encontrou consolo. O ancião perguntou-lhe qual dos heróis ancestrais era e se sabia ele narrar a origem do ferro.

Väinämöinen sabia, certamente, da origem do ferro, mas começou seu canto pela filha mais velha do ar, a água. Lembrou-se, ainda, que seu segundo filho foi o fogo, seguido somente então do ferro.

Foi Ukko, criador dos céus, que esfregou suas mãos para criar três adoráveis donzelas, que seriam as mães do ferro e do aço. Vagaram elas por muito tempo na imensidão do ar até que desceram à terra e seus vales, para darem a suas criações um novo lar.

O leite negro da filha mais velha de Ukko foi derramado nos rios e canais, e dele nasceu o ferro escuro. A segunda filha salpicou seu leite branco sobre as montanhas, e dali surgiu o ferro claro, enquanto a terceira donzela derramou seu leite vermelho nos oceanos, o qual gerou o ferro quebradiço.

Com o passar do tempo, o ferro decidiu visitar seu irmão fogo, para conhecer-lhe melhor. A visita não tardou, pois a aproximação do fogo trouxe imenso perigo ao irmão caçula, que por pouco escapou. Fugiu para longe, para perto da água, onde os cisnes fazem seus ninhos. Foi assim que o ferro chegou às margens dos rios pantanosos, escondido por tanto tempo.

Foi somente então que o ferreiro Ilmarinen acordou-o de seu merecido sono e disse-lhe: "És o mais útil dos metais,

mas te encontras escondido e sonolento nos pântanos, onde os lobos fazem trilha. Deveria eu colocar-te na fornalha, fazer-te livre e útil?"

Muito assustado ficou o ferro, com a lembrança do horror trazida pela proximidade do fogo, seu irmão. Percebeu Ilmarinen que precisaria retomar a palavra: "Não te assustes, útil metal. Certamente o fogo não vai te consumir, não queimará seu irmão caçula. Vem comigo para a fornalha para viver, crescer e prosperar. Lá te tornarás espada para heróis e ornamentos para as damas."

Seguiu o ferro, por livre vontade, para a fornalha do habilidoso Ilmarinen. Lá, ainda amedrontado, virou um forno de pão.

Encontrou, assim, o ferro sua vocação e jurou ser útil ao povo da Kalevala. Iria ajudar a cortar lenha e subjugar montanhas, mas nunca seria usado para ferir pessoas ou fazer nascer guerras.

Do agora corajoso ferro Ilmarinen produziu facas, garfos, lanças, espadas, martelos e machados. Todas essas muito úteis, mas havia várias outras que escapavam ao mago ferreiro, que ainda não havia conseguido produzir aço.

Foi às abelhas que pediu ajuda primeiramente, solicitando o mel de suas colônias para adoçar a água que daria ao aço sua forma. Não satisfeito com a ideia, porém, aprofundou sua mistura com o veneno de aranhas e os ferrões de todos os insetos.

Ao receber a infusão de água venenosa, o ferro quebrou seu voto de paz. Tornou-se aço que feriria seus irmãos, jorraria sangue e traria guerras.

Essa foi a origem do ferro, de sua transição para aço e do mal por ele trazido. Ao recordar essa aventura, Väinämöinen amaldiçoou o ferro, que, sem força ou importância, nascido do leite das filhas de Ukko, chegou à fornalha de Ilmarinen para tornar-se útil. Contaminado pelo veneno, foi dominado pela fúria, quebrou sua promessa e trouxe o mal para o povo da Kalevala.

Implorou, então, ajuda a Ukko, deus do amor e da misericórdia, para que parasse de jorrar o sangue de suas feridas, para que o sangue retornasse a seu ciclo de vida.

Atendeu Ukko seu pedido, mas as feridas não fechavam. Väinämöinen pediu, então, ajuda aos mais respeitados menestréis, sem sucesso.

Foi somente quando se voltou novamente a Ukko que seu tormento cessou. Quando se lembrou de que toda beleza vem do criador, encontrou o unguento que tudo cura, tanto árvores, quanto montanhas e pessoas.

Fez assim uma prece, de que seu povo nunca mais se esqueceria de que nenhuma obra estará completa sem seu criador, deus da misericórdia.

# 10
## Ilmarinen Forja o Sampo

Eis que Väinämöinen, o mago, retornou a seu trenó, empunhou o chicote adornado de joias e pôs-se a caminho. Como o vento, ele percorria a trilha, sobre montanhas e vales, por pântanos e terras aradas. Viajou por um dia e por um segundo. No terceiro dia viajou de manhã até a noite, até chegar à ponte de Osmo, que o levou às planícies da Kalevala. Ao chegar, derramou seu coração com as palavras:

> "Que os lobos devorem o iludido
> Comam o lapão no jantar!
> Que a doença destrua o fanfarrão,
> Aquele que disse que não iria jamais
> Rever minha amada terra,
> Nunca mais rever meu povo,
> Nunca em minha vida
> Enquanto o Sol brilhasse
> Ou a Lua reluzisse
> Nos bosques da Vainola,
> Nas planícies da Kalevala."

Percebeu o velho Väinämöinen, ancestral bardo e famoso cantor, que era hora de renovar seus encantamentos. Com seu canto elevou um maravilhoso abeto para que perpassasse as nuvens, até que tocasse o céu e espalhasse seus galhos pelo éter. Em seguida, cantou e encantou a Lua para que brilhasse eternamente nos ramos cor de esmeralda. No ponto mais alto do firmamento cantou a Grande Ursa.

Iniciado o plano, seguiu rapidamente para casa, passando com pressa pelos portões dourados, com a cabeça

confusa e o rosto retesado. Sua inquietude era trazida por uma promessa, de levar Ilmarinen, mago artífice, para a Terra do Norte. Somente assim o menestrel escaparia de uma existência torturada na sombria Sariola.

Encontrou-o pelo som de seu martelo de cobre e foi recebido por seu irmão com imenso amor e muitas dúvidas:

"Sejas bem-vindo, meu irmão Väinämöinen!
Ancestral e valoroso mago!
Por que esteves ausente por tanto tempo?
Onde estavas te escondendo?"

Recuperando seu fôlego, relembrando dolorosos acontecimentos, o velho mago respondeu:

"Tempo demais de fato!
Muitos dias obscuros vaguei,
Muitas noites tristes se arrastaram,
Flutuando no cruel oceano,
Chorando nos pântanos e nas matas
Da nunca agradável Terra do Norte,
Na sombria Sariola.
Com os lapões eu vaguei,
Com o povo cheio de bruxaria."

Foi assim que a antecipação do irmão mais jovem se tornou incontida preocupação, e ele precisava saber mais dos infortúnios ocorridos:

"Oh, ancestral Väinämöinen,
Famoso e eterno cantor,
Conta-me tua jornada ao Norte,
De teu vagar pela Lapônia,
De tua sombria viagem de volta para casa."

Aliviado por poder compartilhar sua dolorosa viagem, continuou Väinämöinen:

"Tenho muito a contar, meu irmão,
Ouve minha fantástica história:
Na Terra do Norte vive uma virgem,
Em uma vila, uma donzela,
Que não aceitará um amante,
Que recusa a mão de um herói,
Que até do coração de um mago desdenha.

Toda a Terra do Norte canta-lhe elogios
Canta seu valor e mágica beleza.
A mais bela dama de Pohjola,
Filha da terra e do oceano.

De sua tez, brilha o luar,
De seu colo, os raios de Sol,
De sua fronte, brilha o arco-íris,
Em seu pescoço, as sete estrelas,
A Grande Ursa em seu ombro.

Ilmarinen, valoroso irmão!
O mais talentoso ferreiro e artífice!
Vai e vê sua magnífica beleza,
Suas vestimentas de ouro e prata.
Vê-la sentada no arco-íris,
Caminhando em nuvens púrpura.

Forja para ela o mágico sampo,
Cria-o em muitas cores,
E tua recompensa será a virgem.
Irás ganhar a bela noiva!
Vai e traz a adorável dama
Para tua morada na Kalevala."

Mas Ilmarinen conhecia muito bem seu irmão mais velho e assim retrucou:

"Oh, esperto Väinämöinen,
Tu já me prometeste
À escura Terra do Norte,
Como resgate para teus infortúnios!

Eu jamais visitarei Pohjola,
Nunca verei tua donzela,
Não amarei a bela noiva!
Nunca enquanto houver luar,
Irei à sombria Terra do Norte,
Às planícies da Sariola,
Onde comem uns aos outros
E afundam seus heróis no oceano!
Nunca! Nem por todas
As damas da Lapônia!"

Väinämöinen não se abalou e respondeu ao irmão que na Lapônia havia visto o abeto florir em botões de esmeralda, coroado pela Lua e pela Ursa Maior. Contudo, o talentoso ferreiro Ilmarinen retrucou que não poderia acreditar na maravilhosa história até que ele próprio visse a árvore.

Eis que Väinämöinen seguiu com o irmão até as fronteiras de Osmo, onde estava o abeto encantado pouco antes, com seus galhos esmeralda e eterno luar. Sugeriu, então, que Ilmarinen escalasse a fantástica árvore, para que trouxesse a radiante luz, a Lua e a Ursa até eles.

Fascinado por tamanha beleza, Ilmarinen seguiu por entre os galhos do abeto encantado. Quando se aproximava do topo, Väinämöinen conjurou um novo encanto, desta vez para controlar os ventos. Com sua magia, ordenou que os ventos de tempestade levassem o ferreiro para a nebulosa Sariola.

Pelos ventos cavalgou Ilmarinen, acima do luar, sob os raios de Sol. Passou despercebido por camponeses, caçadores e até pelos cães, até ser interpelado por Louhi, a Dama do Norte, já nos portões de Sariola.

A governante imediatamente reconheceu o ferreiro como um dos heróis ancestrais e ordenou que dissesse seu nome.

Confirmando sua identidade, Ilmarinen foi recebido com imensa satisfação por Louhi, que retornou à casa ordenando que a mais bela e jovem de suas filhas se ornasse como nunca antes.

Com vestimentas de seda, cinto de cobre, colares de pérolas e filetes de prata nos cabelos foi vestida. Saiu de seus aposentos com todo seu frescor juvenil, faces rosadas e olhos atentos, esperando ansiosa pelo mago ferreiro.

Ao ver a dama, aceitou o pedido de Louhi para que forjasse o sampo das pontas das penas de cisne, do leite de maior virtude, de um único grão de cevada, da lã mais pura do cordeiro. Seu trabalho mais desafiante e maravilhoso desde que havia forjado a abóbada do céu.

Sem delongas, procurou ferramentas e um estúdio, mas nada por lá encontrou: nem estúdio, nem ferro, nem chaminé, nem bigorna, nem mesa, nem martelo. Lembrou-se então de sua herança divina e ancestral e encontrou forças para continuar. Procurou por um dia e então por um segundo. Na noite do terceiro dia encontrou uma rocha multicolorida, onde decidiu construir seu estúdio. Fez uma fogueira e construiu uma chaminé. No dia seguinte uma mesa e, então, a fornalha.

O primeiro dos ferreiros começou, assim, a forjar o sampo, com metais variados e muito suor. Seguiu em seu labor por três lindos dias de fins de primavera, e por três noites de verão, até que as rochas começassem a florescer, no calor mágico da fornalha. Do fogo nasceu um arco dourado de flechas prateadas, com o brilho mais límpido do luar. Mas o arco clamava um herói todos os dias e, assim, insatisfeito com sua criação, o ferreiro quebrou-o em inúmeros pedaços, que devolveu à fornalha.

No segundo dia, do fogo surgiu um barco de cor púrpura, com remos de cobre e mastro dourado. Uma beleza, sem dúvida, mas de temperamento difícil: procurava brigas, não tinha paciência para discussões. Insatisfeito com a nova criação, quebrou-o Ilmarinen, devolvendo seus pedaços à fornalha.

No terceiro dia, Ilmarinen viu surgir uma novilha da fornalha, com chifres de ouro. Mas sua disposição era agressiva e fugiu para a floresta. Recapturada, foi destruída e retornada ao fogo de onde veio.

O quarto dia trouxe um arado com dentes de cobre, mas também ele não conseguia se controlar e destruía os campos de milho e cevada. Aos pedaços e de volta ao fogo ele foi.

Deixou, então, Ilmarinen que os ventos cuidassem da fornalha. Por três dias os ventos de tempestade que o levaram a Sariola alimentaram as chamas até que a fumaça se misturasse às nuvens. Só então ousou examinar as chamas e, para sua satisfação, lá encontrou o sampo, com sua cobertura multicolorida.

Retirando-o da fornalha, começou a trabalhar até que de um lado moesse a farinha, em um segundo refinasse o sal e no terceiro produzisse riqueza, debaixo da cobertura colorida. Entregou-o para Louhi, a Dama do Norte, que o levou para as montanhas de cobre onde guardou a preciosidade atrás de nove fechaduras, com três fortes raízes em seu entorno.

Completado seu mágico trabalho, voltou Ilmarinen a se encontrar com a bela filha de Louhi, a quem pediu em casamento, para ser eternamente sua rainha. A moça, então perguntou:

"Quem guiará a música do cuco
Quando chegar o verão?
Quem vai inspirar seu canto no outono,
Se a dama deixar a Sariola?
Deveria eu deixar a casa de meu pai,
Deveriam as montanhas perder seu frescor?
Então o cuco também desapareceria,
Todos os pássaros deixariam a floresta.
Nunca deixarei eu a liberdade de donzela
Pelos cuidados e trabalhos de verão."

Ao ouvir a confissão da dama, o ferreiro ancestral sentiu todo o cansaço de seu trabalho e, com o coração pesado, pensou como haveria de retornar à sua terra. Foi então que seu caminho cruzou com Louhi, que lhe ofertou um barco de cobre, com todos os confortos e suprimentos para sua viagem. Clamou os ventos do Norte para que levassem o herói ancestral de volta para a Kalevala.

Ao chegar à sua casa encontrou o irmão, que buscou saber se havia conseguido forjar o sampo. Ilmarinen confirmou sua triste sina: Louhi agora possuía o sampo, e ele não tinha ganhado a mão da cobiçada Donzela da Beleza.

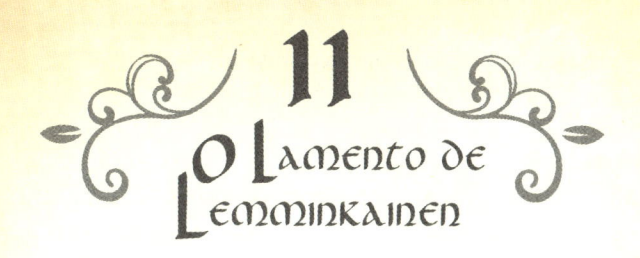

# 11
## O Lamento de Lemminkainen

**D**entre os muitos cantos de minha terra, é chegada a hora de narrar sobre Ahti, filho de Lempo e Kaukomieli, também conhecido como Lemminkainen, pois, sem ele, nenhum trio de magos heróis estaria completo. Muito se sabe sobre ele, regente do arquipélago, posse de sua mãe. Em suas veias corria o sangue ancestral, o que fez dele um herói.

Sabia governar e comandar, mas tinha suas falhas. Seu coração e valores andavam a galope, e por vezes adentravam lugares indignos. Passava dias e noites nas casas de donzelas e nos bailes com virgens.

Uma donzela em especial, no entanto, lhe eludia. Na terra setentrional de Sahri vivia uma donzela, a bela e encantadora Kulli, adorável como uma flor do verão. Vivia ela no topo da montanha, o que condizia com sua alta posição, na casa de seu pai, e a todos encantava com seus modos de rainha.

De todas as partes vinham cavalheiros para lhe cortejar. Até mesmo o filho da Lua desejava sua mão, mas ela não desejava viver vagando pelo éter. Também não quis viver na Terra das Estrelas, por mais que a estrela da noite lhe cortejasse. Amantes vieram da distante Ehstlaud, outros da longínqua Ingern, mas a todos ela avisava:

> "Não gasteis vossos elogios ou vossa prata
> Riqueza e galanteios não me causam tentação
> Nunca deixarei minha terra
> Por destinos tão distantes
> Onde a madeira é ausente,

Onde nem a água, o trigo, a cevada
Nem mesmo o centeio são abundantes."

Como não poderia deixar de ser, partiu Lemminkainen para ganhar as graças e atenções da donzela, uma honrada noiva, filha da terra de Sahri. Sua mãe aconselhou o herói a desistir da empreitada. Uma noiva de tão alta linhagem não deveria ser cortejada e jamais o faria feliz.

Como era de seu costume, Lemminkainen não ouviu o aviso da mãe e decidiu que haveria de escolher sua noiva por beleza e valor. A mãe, não satisfeita, refez o pedido para que não fosse, já que ele se tornaria a chacota das damas de Sahri, e os outros pretendentes iriam desafiá-lo. Não haveria final feliz nesta empreitada.

Ainda assim partiu Lemminkainen, galopando em seu cavalo de guerra, passando ligeiro para a distante vila de Sahri, para ganhar a mão da Noiva da Beleza. Todas as mulheres de idade e inúmeras jovens e adoráveis virgens riram com escárnio do estranho, trafegando leviano pelas estradas.

Foi então que o destemido Lemminkainen, com a boca seca e o rosto tenso, sacudiu os densos cachos e clamou:

"Nunca, em toda minha vida imortal,
Sofri o desdém de mulheres,
Ou o escárnio de virgens.
Há, na terra de Sahri,
Onde encontrar música e dança?
Existe um salão onde as damas se reúnam?"

Do promontório responderam as donzelas de Sahri:

"Há salões suficientes em Sahri,
Salões para dançar e se divertir
E também bosques onde bailar
Onde pastores cumprem seu ofício."

Começou, então, Lemminkainen, a trabalhar como pastor. Durante o dia nos pastos, e todas as noites na companhia de vivazes damas, nos bailes com as virgens. Foi assim que calou o escárnio das mulheres, a zombaria das damas. Logo, quase todas as damas estavam banqueteando com ele, ao seu lado dançavam e se divertiam. Somente uma lhe eludia, aquela que não tinha apreço por galanteios, não favorecia deuses ou heróis. Era ela a bela Kyllikki, a mais bela flor de Sahri.

Lemminkainen, belo herói navegou centenas de barcos até que estivessem aos pedaços em tentativas, sempre frustradas, de encantar a bela Kyllikki. Sua insistência era tanta que a dama finalmente lhe perguntou:

> "Por que continuas aqui, apesar de tão fraco?
> Por que murmuras em minhas fronteiras
> E teces loas em minha terra?
> Não tenho tempo para desperdiçar contigo,
> Melhor ocupar-me do pilão,
> Ou sentar-me ao lado de minha mãe.
> Nunca atenderei a teu chamado!
> Prefiro um noivo magro, alto e majestoso,
> Para se equiparar a mim,
> Dama de Sahri e sua flor preferida."

O tempo passou, mas a distância não o acompanhou. Mal tinha passado um mês quando, numa noite, para além do prado, as damas de Sahri se reuniram para dançar. A última a chegar foi Kyllikki, caminhando orgulhosa. A seu destino nunca chegou, pois Lemminkainen cruzou seu caminho, a galope.

Assim raptou a flor de Sahri, não antes de avisar às damas do baile que jamais informassem a ninguém que ele havia levado a princesa para sua terra distante. Caso quebrassem o silêncio, o leviano herói cantaria guerra a seus pretendentes, e nunca mais veriam seus rostos, ouviriam suas vozes, ou se juntariam a elas em suas danças.

Aos prantos, Kyllikki clamou por sua liberdade, pediu que a libertasse para retornar a sua terra e a seus pais.

Sem sucesso, amaldiçoou Lemminkainen e ameaçou-o com o poder de seus sete irmãos, dos sete filhos do irmão de seu pai e dos sete filhos da irmã de sua mãe, que rastreiam corças e caçam lebres. Eles haveriam de encontrá-la e levá-la de volta para casa.

Nada ouviu ou atendeu Lemminkainen, de forma que a dama retornou a seus lamentos e às memórias de sua juventude em liberdade. Sempre ao sul seguiam, até que Lemminkainen quebrou seu silêncio, pedindo-lhe que cessasse seu pranto, pois nunca lhe faria mal. Nunca a maltrataria, nunca seu coração enganaria a flor de Sahri. Assegurou-lhe, ainda, que tinha gado, comida e abrigo. Tinha um lar, amigos e parentes.

Não havia ele nascido da mais alta linhagem, mas tinha uma espada de fervor e uma lança de coragem. Suas armas tinham sido forjadas pelos deuses e tinham linhagem suficiente para emprestar ao herói que as empunhava. Elas garantiriam a glória que dividiria com sua escolhida.

Kyllikki resignou-se a seu destino e os dois fizeram promessas um ao outro. Atendendo ao pedido da dama, Lemminkainen jurou protegê-la e jamais entrar em uma batalha pelo desejo de ouro e prata. Kyllikki, por sua vez, jurou diante do onisciente Ukko nunca visitar as vilas à busca de bailes.

Disseram, assim, adeus aos prados de Sahri, partindo para o arquipélago de Vainola, nas terras da Kalevala. Ao chegarem a seu destino, no entanto, a dama se decepcionou com o tamanho diminuto e o aspecto abandonado da morada de Lemminkainen. O herói prometeu-lhe, então, construir uma nova morada digna de sua noiva, de madeira sagrada de bétula.

Na humilde morada, Lemminkainen encontrou sua idosa mãe, que lhe perguntou o motivo de tão longa ausência. Seu filho lhe assegurou que as damas de Sahri haviam pagado por seu escárnio, pois ele havia trazido a mais preciosa dentre elas para sua cabana, a fim de tornar-se fiel companheira de toda uma vida. Jurou ter encontrado a joia que sempre havia procurado na beleza de sua noiva, orgulho de Sahri.

Sua mãe agradeceu a Ukko por ter-lhe dado uma segunda filha, que poderia manter o fogo queimando à noite, tecer as fazendas mais ricas, fiar os mais belos novelos, cuidar das fitas de cetim. Agradeceu ao criador por uma nora mais pura que a neve das montanhas, mais bela que as estrelas do firmamento. Urgiu-lhe também que aumentasse e ornasse sua morada, para acomodar tão bela dama de alto berço, vinda do Norte, das terras de Sahri.

# 12
## Uma promessa quebrada

Um doce contentamento passou a acompanhar a vida de Lemminkainen e de sua jovem esposa Kyllikki. Por anos viveram em sincronia, sempre um ao lado do outro. Ele não pensava em batalhas, nem ela em danças.

Vivia ele a pescar e a prover a sua esposa, até que um dia não ele retornou ao cair da noite. Transtornada pelo destino que a escuridão poderia trazer a seu marido, Kyllikki se dirigiu à vila mais próxima à procura de notícias de seu amado. Por infortúnio, foi avistada por Annikki, sua cunhada, que não tardou em relatar ao irmão sua ida ao vilarejo, onde havia homens estranhos, salões e danças, alegria e música.

Desatinado por tal traição, Lemminkainen buscou sua idosa mãe, pedindo-lhe que mergulhasse suas vestimentas de guerra no sangue de serpentes, para que ele pudesse seguir sem mais delongas para a Terra do Norte, em busca de batalhas.

Kyllikki retornou a tempo de tentar explicar o acontecido e implorar ao marido que não fosse a Pohjola, pois em seus sonhos havia visto um salão com chamas lambendo as paredes como ondas no oceano. Seu esposo, entretanto, não tinha fé nos sonhos de mulheres, nem nos votos de donzelas.

A esposa não foi a única a tentar dissuadir Lemminkainen de seguir para a batalha. Também sua mãe tentou convencê-lo, chamando-o para dividir histórias e bebidas.

Porém, o leviano herói já havia tomado sua decisão: preferia a água das montanhas à cerveja da casa da falsa esposa. Não lhe restava opção senão procurar sua espada de batalha, a arma da honra de seu pai, e seguir para a Lapônia, aos campos de batalha do Norte, para ganhar ouro e prata.

Sua mãe não havia desistido e tentou lembrá-lo que tinham ouro em abundância, trazido em um baú encontrado em sua propriedade. Foi achado por seus lavradores, enquanto aravam a terra cheia de serpentes, e trazido a seu senhor. Metais preciosos e riquezas não lhes faltavam.

Mas o herói não desejava a prata caseira, queria ganhá-la em batalha. Ouro e prata conquistados têm mais valor do que a riqueza encontrada! Ordenou, então, que lhe trouxessem sua armadura, lança e espada. Iria ele para as sangrentas guerras da Lapônia, impulsionado por seu orgulho e seu coração. Por lá, havia uma lenda da dama que não se importava com pretendentes, ou com heróis barbados.

A mãe lembrou-lhe que em casa ele tinha Kyllikki, a mais bela dama de todas as ilhas. O quão estranho seria ver duas esposas habitando a casa de um único senhor.

Mas Lemminkainen lembrava-se somente que sua bela esposa havia ido à vila, onde havia dança, homens e damas em vestidos plissados. Ela havia quebrado sua promessa.

Sua mãe temia pelo filho de pouca sabedoria, ignorante da magia de Pohjola. Pediu-lhe que não fosse ao Norte até que ele próprio se tornasse mestre da magia: "Na Lapônia há damas que podem te lançar encantamentos! Para o fogo encaminhar teus passos!"

Mas Lemminkainen já havia sofrido encantos de magos e suas fascinantes serpentes. Magos da Lapônia, três em número, certa noite de verão, sentados em uma rocha no crepúsculo, sem uma única vestimenta para protegê-los, lançaram um encantamento, causando-lhe muitas perdas: uma machadinha de pedra polida, pinos de granito para escalada.

Horríveis foram as ameaças dos magos, que tentaram naufragá-lo com sua magia. Mas Lemminkainen havia nascido um herói e mago e começou a cantar. Cantou arqueiros, lanceiros e soldados. Cantou a inquietude das águas, os redemoinhos que se formaram, as profundezas do oceano, onde os magos ainda hoje dormem.

Mesmo com tal recordação, uma mãe nunca desiste. Acreditava ela que as gélidas fronteiras da Lapônia trariam o fim da existência de seu amado filho. Ela não confiava que seu canto fosse capaz de levar os filhos da Lapônia ao fundo do oceano. Ele não falava a língua tury, não conseguiria vencer com magia pouco inspirada.

Lemminkainen permaneceu decidido, penteando os cabelos e a barba até que a escova arremessou contra a parede, dando à sua mãe sua resposta final: "O infortúnio me encontrará, um triste destino me acometerá, quando sangue fluir daquela escova."

Assim partiu para a nunca agradável Lapônia, sem ouvir os avisos de sua mãe ou as súplicas de sua esposa. Com seu capacete de cobre e sua armadura de ferro, se preparou para a batalha. Sentia-se mais forte do que qualquer herói do Norte, sem medo das magias ou dos magos que por lá viviam.

Com força segurou sua espada, tendo sempre em mãos a bainha de couro. Heróis precisavam delas para resguardar suas casas, seus postos e estradas. Guardavam-se também das alegres damas, das tribos de guerreiros gigantescos e das artimanhas dos magos. Pronunciou, então, estas palavras:

"Ergam-se os heróis de espadas em punho
Heróis eternos deste mundo,
Das profundezas, com suas foices,
Das alamedas, com suas bestas,
Da floresta, com seus arcos!
Venham com seus exércitos,
Espíritos das montanhas, com seus poderes
Venham, com seus horrores
Mãe-água, com seus perigos
Vellamo, com suas sereias
Venham damas dos vales
Ninfas dos rios tortuosos.

Sejam proteção para este herói
Sejam seus companheiros no dia e na noite
Guardem o corpo de Lemminkainen.
Ceguem as lanças dos magos
Que suas flechas fiquem sem ponta
Que as lanças dos feiticeiros,
Que as flechas dos arqueiros,
Que as armas dos inimigos
Não tragam mal a este herói barbado.

Caso essa força seja insuficiente
Posso invocar outros poderes
Posso chamar os deuses acima de mim
Posso invocar o grande deus dos céus
Ele, que dá às nuvens seu destino
Ele, que governa o éter sem fim
Ele, que dita a marcha das tempestades.

Ukko, oh deus das alturas
Pai da criação
Vós que falastes com o trovão
Vós cuja arma é o raio
Cuja voz é levada pelo éter
Permiti-me usar vossa espada de fogo
Dai-me vossas flechas incandescentes
Flechas de raio para minha aljava
Para me proteger de qualquer perigo
Guardar-me das vontades de feiticeiras
Guiar meus pés para longe de todo mal
Ajudar-me a conquistar dos magos
Expulsar-lhes da Lapônia.
Aqueles que estiverem à minha frente
Aqueles que surgirem às minhas costas
Acima ou abaixo de mim, ajudai-me a banir.
Com vossas facas, espadas e arcos
Com vossas lanças e línguas de magia
Ajudai-me a bani-los para as profundezas do oceano,
Arrastados para Vellamo."

O impetuoso Lemminkainen assoviou para seu cavalo, atou seu trenó, pegou o chicote e partiu com pressa. Viajou um dia, e então o segundo. A noite do terceiro dia o deixou em uma triste vila do Norte.

Por lá seguiu pelas lúgubres vielas até encontrar um casebre. Parou em busca de alguém que cuidasse de seu garanhão. Porém, na pobre casa só havia uma criancinha, que declarou não haver ninguém presente capaz de cumprir a pesada tarefa.

Sem perder seu entusiasmo, seguiu novamente pelas ruelas a galope. Encontrou mais uma chaminé convidativa e dirigiu-se à morada para procurar quem soltasse e cuidasse de seu poderoso cavalo. Do lado da lareira respondeu um mago:

"Não encontrarás nesta morada
Ninguém que possa soltar seu garanhão
Que cuide de seu nobre cavalo.
Aqui temos mil heróis
Que podem te fazer correr para casa
Que podem te perseguir até teu país
Até tua casa e teus menestréis amigos
Até os campos de teu pai
Até as cabanas de tua mãe
Até a ferraria de teu irmão
Até a leiteria de tua irmã
Desde a ascensão da estrela
Até o descanso do Sol."

Mas Lemminkainen não temia o aviso do mago e ameaçou matá-lo por suas palavras. Decidiu, entretanto, continuar seu caminho, com o cavalo a galope. Ao chegar na praça central, disse este encantamento:

"Oh Hiisi, cuida deste cão de guarda
Lempo, enche sua garganta e narinas
Fecha a boca deste cão

Para que fique em silêncio
Enquanto o herói cruza seu caminho."

E do chão surgiu uma névoa, e da névoa um pigmeu, que soltou e cuidou de seu garanhão. Então o herói com cuidado avançou e escutou. Ninguém via o estranho mago, ninguém ouvia seus cautelosos passos. Das moradas somente se ouviam cantos, palavras abafadas e risos soltos.

Pela porteira ele entrou, por entre as canções e risos. Espiou dentro dos cômodos, pelas salas cheias de cantores, por entre os magos ao lado das lareiras, permeando os habilidosos guerreiros em seus bancos. Todos cantavam canções da Lapônia, cantigas do ardiloso Hiisi.

Naquele momento o menestrel alterou sua forma e estatura, passando pelos aros de entrada e pronunciou estas palavras:

"Bela canção que logo acaba
Boa canção que logo cessa
Melhor manter sabedoria distante
Do que dos telhados cantá-la."

Entrou em seguida a anfitriã de Pohjola e imediatamente o estranho lhe chamou a atenção. Tinha ela muitos cães de guarda, grandes e ferozes. Quase todos tinham o hábito de lamber o sangue de estranhos. Porque então aquele forasteiro havia entrado em seus portões sem ser percebido pelo olfato profundo de suas bestas?

Lemminkainen declarou que não tinha sabedoria nem poder, não sabia magia nem as artes da guerra. Disse-lhe que a ele faltava a sapiência de seus pais e que temia ser devorado pelos cães. Por isso sua mãe havia lhe banhado quando bebê, três vezes em noites de verão, nove vezes em noites de outono, para que nas viagens ao Norte pudesse cantar a sabedoria ancestral e proteger-se do perigo.

Sem perder um único momento após a imprudente explicação, começou seus encantamentos. Saíram raios de suas vestimentas, chamas de seus olhos, pela magia de seu canto, por suas maravilhosas canções.

Cantou em meio aos melhores magos e os piores menestréis. Encheu suas bocas de poeira e cinzas, empilhou rochas em seus ombros, e imobilizou os melhores feiticeiros da Lapônia.

Então baniu todos os seus heróis, seus menestréis mais orgulhosos, para as terras improdutivas, para os mares sem peixes, para as cachoeiras de Rutja, para os redemoinhos revoltos, para o fogo e o tormento.

Não satisfeito, cantou os soldados, os heróis e suas espadas, os mais velhos e os mais jovens, todos sob seu encantamento. Lemminkainen permitiu somente um conservar seus sentidos: um pobre pastor indefeso, velho e cego, chamado Nasshut.

O velho lhe perguntou por que havia lhe poupado, ele que havia banido jovens e velhos, magos e heróis. Lemminkainen respondeu que o pastor já era velho, cego e indefeso quando havia chegado, odioso mesmo sem sua magia.

Não sabia Lemminkainen do que era capaz um pastor cheio de malícia. Cresceu em Nasshut o ódio e o desejo de vingança. Cambaleando saiu de sua morada, pelas alamedas passou até chegar ao lago que marcava a entrada do reino de Tuoni para as ilhas de Manala. E por lá esperou a vinda de Lemminkainen, em sua jornada pela triste Lapônia.

# 13
## O segundo Amor de Lemminkainen

Continuando sua jornada pelo Norte, Lemminkainen não perdeu tempo nas vilas escondidas do Sol, nem buscou batalhas contra magos poderosos. Ao contrário, levou seu coração partido ao palácio de Louhi, dama da Lapônia, e a ela ordenou que lhe oferecesse sua mais bela filha, que a ele fosse dada a mão da mais bela virgem de Pohjola.

A resposta de Louhi fez jus à sua reputação:

> "A ti nunca darei minha filha
> Nunca a dama mais bela
> Nem a melhor, nem a pior,
> Nem a mais alta, nem a mais baixa;
> Tens uma esposa-companheira
> Que roubaste da mais formosa costa
> De onde fugiste com a bela Kyllikki."

Mas Lemminkainen não se fez de rogado e exigiu a chance de argumentar por que merecia uma nova esposa:

> "Para minha casa levei Kyllikki
> Para minha cabana na ilha
> Para minhas terras e familiares.
> Agora desejo uma companheira melhor
> Traz-me tua mais bela filha
> A mais valorosa das virgens
> A mais bela dama de longas tranças."

A Dama do Norte era por demais sabida para atender às suas ordens. Mesmo antes do discurso do leviano

mago, Louhi já percebia sua vaidade e malfazer. Contudo, ela não podia negar qualquer pretendente para suas filhas. Sua saída foi impor-lhe a mais árdua tarefa: capturar o alce selvagem dos campos de Hiisi, o mais ardiloso dos filhos de Kaleva, em troca da mão de sua mais bela filha.

Não tardou para que o intrépido herói afiasse suas lanças, atasse seu arco e preparasse suas flechas. Faltava--lhe somente sapatos de neve. Pensativo, decidiu seguir até o vilarejo mais próximo, à procura do artífice de Lylliki.

A ele explicou sua necessidade, revisitando a prova imposta por Louhi para que ganhasse a mão de sua mais bela filha. O mais talentoso artífice da Lapônia afirmou-lhe, então, que caçaria em vão o alce selvagem e que aquele caminho traria somente dor e sofrimento na tundra de Hiisi.

O sempre inconsequente menestrel ignorou mais este aviso e exigiu a confecção dos sapatos de neve, para que pudesse caçar a fera mais elusiva da terra do ardiloso Hiisi. E assim o artífice trabalhou: no primeiro dia fez as solas, no seguinte fez as botas e no terceiro, as travas, até que os sapatos estivessem terminados.

Lemminkainen calçou os macios e perfeitos sapatos e se sentiu ainda mais cheio de esperança, vida e vigor. Despediu-se afirmando que não haveria, em toda a Lapônia, um jovem que pudesse caminhar com tais sapatos e com eles seguir para a planície.

Voltando para a vila, pegou seu arco e flechas, com ambas as mãos segurou sua bengala de neve. Continuava firme em sua visão de que não havia nada, nem nas terras selvagens, nem no mundo de Ukko, nada nas florestas ou tundras que não pudesse ser submetido com os sapatos de Kyllikki amparando os passos de Lemminkainen.

Acreditava estar dialogando com o silêncio, mas Hiisi ouviu o desafio e convocou o alce selvagem. Criou, então, um alce nascido de sua terra: madeira para o corpo, galhos em seus chifres, olhos de margaridas e pele de casca de pinheiro. Deu-lhe magia e concedeu-lhe a liberdade, para que corresse por toda a Lapônia, exaurindo o voluntarioso herói.

Desembestado saiu o alce mágico, correndo pelas planícies e montanhas da Lapônia, assustando crianças e atiçando os latidos de cachorros. Atrás dele seguiu Lemminkainen, cada vez mais rápido, pelo pântano e pela tundra, pelos vastos campos de neve sem trilhas. Fogo saía de seus sapatos, fumaça de sua bengala enquanto corria pela terra do ardiloso Hiisi, onde as mandíbulas da morte estão sempre abertas, prontas para devorar o selvagem Lemminkainen.

Corria tanto que quase não ouviu o latido dos cachorros, os gritos das crianças e o riso das mulheres. Continuou pelos limites do Norte até que, exausto, clamou as seguintes palavras:

> "Vinde, valorosos heróis da Lapônia!
> Trazei-me o alce de Hiisi!
> Vem, força das mulheres da Lapônia,
> E prepara um caldeirão fervente;
> Vem, fortaleza das crianças lapãs,
> Traz fogo e combustível!"

Foi com muita força e coragem que Lemminkainen seguiu em frente, desaparecendo de vista. Enfim conseguiu alcançar a fera e pegou galhos e ramos de árvores para atacá-la e amarrá-la.

Tocou gentilmente a fronte do alce, desejando nada mais do que uma cabana para descansar ao lado de sua nova esposa. Mas a fera foi tomada pela raiva, bateu as patas, sacudiu seus chifres e logo escapou.

Lemminkainen não desistiu, continuou a correr até que suas flechas estivessem quebradas, suas lanças aos pedaços, seus sapatos de neve em frangalhos. Recolhendo os pedaços de suas posses, disse as seguintes palavras:

"Caçadores do Norte,
Nunca desafieis as florestas
Nunca adentreis as terras de Hiisi
Para caçar seu alce selvagem
Como fez este herói sem juízo!
Meus sapatos estão destroçados
Minhas armas, quebradas
Enquanto o alce corre em segurança
Pelas terras de Hiisi."

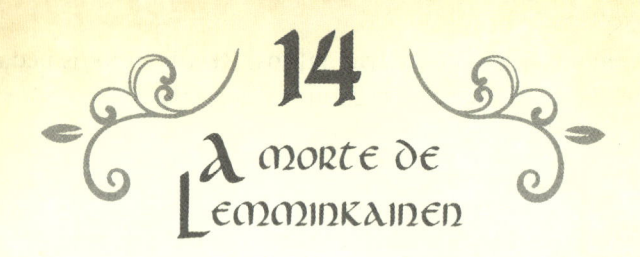

# 14
## A morte de Lemminkainen

Lemminkainen, inconsolável, pensou longa e profundamente sobre o que fazer, qual caminho seguir, sobre onde haveria de encontrar o alce selvagem na amplidão das terras de Hiisi. Deveria ele retornar à Kalevala, ou por uma terceira vez caçar a fera? Queria retornar a Louhi como um vencedor, para alegria de suas filhas, e descansar frente à lareira. Tomando coragem, fez a seguinte súplica a todos que poderiam ajudá-lo:

> "Oh Ukko, Deus acima,
> Vós Criador dos céus
> Restaurai meus sapatos de neve
> Dai-lhes agilidade
> Para que eu possa percorrer
> Campos e montanhas
> Pelas terras do ardiloso Hiisi
> Pelas planícies da distante Lapônia
> Pelas trilhas do alce selvagem.
> Viajarei pelos campos nevados
> Deixarei a mata para os heróis,
> A caminho da Tapiola
> Terra de Tapio, espírito do Leste.
>
> Trarei cumprimentos à floresta
> Aos vales e montanhas
> Aos verdes abetos
> Cumprimentos àqueles que vos saúdam!
> Guarda-me em teu favor
> Grande Tapio, sê gentil

Deixa-me vagar por tuas florestas,
Deixa que este caçador busque em teus campos
Os alces selvagens em grandes números.

Oh Nyrikki, herói da montanha,
Filho de Tapio e de sua floresta
Herói do gorro vermelho
Deixa marcas pela trilha
Para que este herói não perca seu caminho
Para que não caia e pereça
Caçando o alce de Hiisi
Orgulho da Terra do Norte!

Dama das matas, Miellikki,
Mãe-floresta, de forma tão bela,
Deixa que teu ouro corra abundante,
Deixa que tua prata escoe
Para o herói que procura
O alce selvagem de teu reino.
Traz-me vossas chaves de prata
Vossas cintas de ouro
Abre os ricos aposentos de Tapio
E destranca a fortaleza da floresta
Enquanto caço o alce de Hiisi.

Caso seja este um trabalho servil
Dá ordens a teus servos
Comanda tuas damas
Envia teu povo.
Centenas de damas estão prontas
Milhares esperam tuas ordens
Que guardam e nutrem tuas terras
Cuidam dos animais de teu domínio.
Alta e esguia virgem da floresta,
Filha adorada de Tapio,
Sopra as notas doces de tua flauta
Para que todos ouçam sua dama

E acordem de seu sono.
Caso não despertem,
Toca novamente, sem cessar
Até que ecoe por toda floresta!"

Selvagem e desafiador, Lemminkainen orou por sua aventura. Clamando aos deuses e espíritos por socorro, seguiu em frente, passando pelos campos e florestas, pela terra de Hiisi e as montanhas de Lempo. Seguiu um dia, e então um segundo. Por um terceiro dia continuou em frente, até que chegou a uma grande montanha rochosa. Escalou-a até o topo e, virando para o noroeste, avistou a mansão de Tapio, com todas as suas portas douradas, brilhando sob o sol tênue do Norte.

O jovem mago, muito encorajado, correu em direção a ela, chegando sem demora. Dissimuladamente observou por suas janelas as damas da floresta que por lá viviam, todas parcamente vestidas em rotos tecidos. De sua boca os primeiros comentários foram exatamente o estado das vestimentas das mães-florestas.

Quando vivia nas florestas da Kalevala havia três castelos das montanhas: um de marfim, um de chifre e um de madeira, seis janelas de ouro em cada. Dessas janelas havia visto a anfitriã da mansão de Tapio, sua bela filha Tellervo, com seu séquito de encantadoras damas, todas vestidas em trajes dourados, com cintos de prata.

A anfitriã, naqueles tempos, trazia pulseiras de ouro pelos braços e anéis em suas mãos. Até mesmo nos cabelos trazia joias, emoldurando seu rosto juntamente ao colar de pérolas. Por isso não se conformava Lemminkainen em vê-la com trapos rotos, sapatos de palha e casca de árvore.

Confidenciou-lhe, então, que caçava o alce selvagem da terra de Hiisi, já havendo aprendido quão longa é a noite sem alegria e quão infinito o dia sem glória. Pediu-lhe que uma vez mais trouxesse brilho e riqueza para a floresta de Tapio, lustrando o verde dos pinheiros e o dourado das flores, como era quando a floresta cheirava a mel e brilhava soberana.

Suplicou então a Tulikki, segunda filha de Tapio, que afastasse os pequenos animais silvestres daquelas bandas, para que buscassem os campos nevados e fossem seguidos pelos alces selvagens. Com a ajuda de sua magia, pontes surgiriam, vegetações seriam quebradas, e caminhos sempre abertos para o intrépido e cansado herói. Por seus encantamentos uma trilha infindável seria formada por onde o alce passasse, mas ele não conseguiria pegar os animais selvagens, ficando preso na trilha e aprendendo o que é, de fato, uma busca em vão.

Com a esposa de Tapio, Mimerkki, Rainha das Montanhas Nevadas, dama ancestral de vestimentas azul-céu e laços vermelhos, queria negociar seu ouro e prata. Tinha ele ouro tão antigo quanto o luar, e prata tão ancestral quanto a luz do Sol, angariado nos primeiros anos, na dor e calor das batalhas, mas de nada lhe serviria se enferrujasse em seus bolsos, se com ele não negociasse.

Há muito já cantava Lemminkainen canções da floresta de Tapio e de suas belas e doces filhas. Cantou uma vez mais, na esperança que as inspirasse a ajudá-lo a retirar o alce selvagem de seu refúgio, para que sua caçada fosse completada. Sua canção teve fim abrupto quando ouviu o estopim da manada chegando ao castelo. De suas janelas, avistou os alces selvagens e, entre eles, os chifres azuis da fera de Hiisi.

Desta vez não hesitou e certificou-se de que, uma vez capturado, estivesse bem amarrado. Tocou seu pescoço com segurança, cheio de alegria. Agradeceu à Rainha das Montanhas Nevadas, a mais adorável e ancestral dama Mimerkki, pagando-lhe o ouro e a prata que havia lhe prometido.

Das montanhas de Tapio voltou diretamente para Pohjola, buscando sua majestade, a Dama do Norte, Louhi. Anunciou prontamente que havia capturado o alce selvagem de Hiisi, conforme acordado. Como não poderia deixar de ser, em seguida exigiu a virgem mais bela, para que se tornasse sua noiva.

Louhi, então, assegurou-lhe que daria a mão de sua mais bela filha em casamento, assim que Lemminkainen lhe trouxesse, devidamente selado, o cavalo em chamas de Hiisi, seu mensageiro mais veloz.

Sem perder sua coragem, partiu então para completar sua segunda tarefa imposta pela Dama do Norte. Pelos campos férteis e pelas florestas buscou o garanhão que expelia fogo. Procurou por um dia, e então um segundo. Finalmente, no terceiro dia, chegou ao topo da montanha mais alta das terras de Hiisi.

Em meio às luzes do nascer do Sol avistou a besta de Hiisi, com chamas saindo de suas narinas. Pediu a Ukko uma chuva congelante para que pudesse capturar o cavalo em chamas. Não tardou para que a abóboda do céu se abrisse para que o granizo achasse o rumo da terra, com algumas pedras maiores do que a cabeça de um herói.

Lemminkainen, aproximando-se da formidável criatura, prometeu-lhe que nunca lhe trataria com aspereza. Que nunca o faria correr rápido demais a caminho de Pohjola, e que seria ele coberto com cobertores de seda no caminho a seu destino. O cavalo em chamas aceitou, assim, o arreio e a sela e seguiu com o intrépido herói de volta ao palácio de Louhi.

Mas não foi dessa vez que a Dama do Norte aceitaria dar a mão de sua mais bela filha em casamento. Uma terceira tarefa ela tinha para o leviano herói: matar o cisne que nadava no rio Tuoni, divisa deste mundo com o reino dos mortos. Tal tarefa deveria ser conseguida levando uma única flecha em sua aljava.

Seguiu, assim, Lemminkainen, para sua terceira improvável aventura. Avistou finalmente o rio negro como carvão que cruza as terras de Manala. Mas em seu caminho estava Nasshut, pastor cego e aleijado de Pohjola, que guardava a passagem entre mundos.

Ao ouvir os passos do herói enviou uma serpente das águas escuras, tal como uma flecha lançada por seu invisível arco. A serpente buscou exatamente o coração do leviano herói. Ao cair, mal percebia o herói que estava ferido, tendo somente tempo para falar as seguintes palavras:

"Ah, indigna foi minha conduta
Tamanha falta de sabedoria
Que não ouvi minha mãe
Que não aceitei seus conselhos
Que não aprendi suas palavras e magia

O que não daria neste momento
Por três palavras com minha mãe
Neste triste infortúnio
Como sobreviver, como suportar
A picada de serpentes
As torturas que residem
Nas águas negras de Tuonela!

Ancestral mãe que me deu à luz
Que desde a infância treinou-me,
Saibas, eu suplico, onde estou
Onde sofre o leviano herói
Vem para onde é necessária
Tua arte sem igual para livrar-me
Da tortura das mandíbulas da morte
Do sagrado rio de Tuonela!"

Com sua última esperança termina a súplica, mas eis que retornou Nasshut, pastor da Lapônia, odioso guardião de Tuonela, e jogou o corpo do herói nas águas escuras do rio. Seguiu pelas correntezas negras até as tumbas de Tuonela, onde o filho de Tuoni, herói da terra dos mortos, cortou o herói em cinco pedaços desiguais, jogando-os novamente no rio.

Foi assim que, sem completar sua terceira tarefa, morreu o belo e intrépido mago Lemminkainen, herói da Kalevala, nas águas escuras de Tuonela, às bordas do reino de Manala.

# 15
## Mãe e Filho

Em sua casa, a mãe de Lemminkainen encontrava-se a cismar: onde andaria seu filho? Estaria ele navegando sobre vagas espumantes? Lutando em uma batalha sangrenta? Ou caminhando por campinas verdes com aroma de abetos?

Kyllikki, sua esposa, também não encontrava descanso. Em noites em claro, penteava os cabelos enquanto imaginava o destino de seu marido.

Uma noite, já alta madrugada, ao começar sua melancólica rotina, percebeu que havia sangue escorrendo de seu pente!

Sabendo o significado de tal anúncio, correu para junto da sogra, que se entregou às lágrimas de desespero pela morte do rebento.

Mas a mãe não se esvaiu em lágrimas. Partiu sem demoras para descobrir o que havia acontecido com seu amado filho. Seguiu para Pohjola, onde buscou a Dama do Norte.

A temida Louhi não tinha notícias do intrépido rapaz e sugeriu que poderia ter caído em um lago congelado, ou sido devorado por ursos ou lobos.

A mãe de Lemminkainen não aceitou tal explicação, argumentando que nenhum urso ou lobo seria capaz de custar a Lemminkainen sua vida. Insistiu que Louhi tinha parte a explicar sobre o sumiço do filho.

A verdade, então, brotou dos lábios da Dama do Norte. Confessou tê-lo enviado para caçar alces e cisnes, como testes para concessão de uma noiva.

Tinha agora um lugar por onde começar. A mãe procurou sem descanso por qualquer sinal do filho, sem sucesso.

Até mesmo as árvores perceberam sua tristeza e obstinação. Do velho carvalho buscou informações, mas a idosa árvore não se mostrou compassiva, estando mais preocupada com a possibilidade de terminar em uma lareira.

Pediu ajuda também à estrada, que também tinha seus próprios problemas, sendo pisada por duras botas e garanhões galopantes. A Lua não se mostrou mais solidária, sentindo a solidão das noites frias, para desaparecer nos dias alegres de verão.

Somente do Sol recebeu informações, mas não trouxeram nenhuma alegria. O astro rei confirmou o que, em seu coração, a mãe já sabia: havia perecido Lemminkainen, no rio fundo e turvo de Manala.

Em meio ao desespero, seguiu a mãe para procurar Ilmarinen, pedindo que o ferreiro se debruçasse novamente sobre sua forja, fazendo um ancinho com cem fortes dentes.

Percebendo sua intenção, o Sol permaneceu aliado da sofrida mãe. Atendendo a seu clamor, brilhou forte por uma hora. Em seguida brilharia fraco na segunda, levando todos ao sono e torpor. Na terceira brilharia com toda intensidade, para que o plano fosse concluído.

Seguiu a mãe pelo rio Tuoni, buscando por toda parte, e cada vez mais fundo. A cada parte encontrada, o sofrimento se multiplicava. Achou a camisa, as meias e o chapéu. Por fim, pescou o próprio filho, no poderoso ancinho forjado por Ilmarinen.

Não sabia se das partes encontradas ainda haveria um homem. Os corvos dela discordavam, dizendo que não havia mais vida ou figura humana a ser recuperada. Mas ela seguiu em frente, buscando cada dolorosa parte de seu amado filho.

Dispôs todas as carnes, ossos e membros e se colocou a atar as veias e coser as pontas, cantando a Suonetar, tecelã das veias, com seu tear de ferro e cobre. A bela dama deve ter atendido ao pedido sofrido da mãe, pois, pouco a pouco, o intrépido jovem foi retomando sua antiga forma.

A matriarca clamou em seguida pelo auxílio de uma abelha, que lhe trouxesse o mel necessário para curar as feridas e curar os males do rapaz. Mais um pedido foi atendido e mais uma cura ministrada, mas ainda assim permanecia mudo o jovem guerreiro.

Decidiu a mãe pedir novo mel, ainda mais poderoso, encontrado somente a três dias de distância. Pois por três sóis voaram as abelhas, buscando novo unguento. Todo esforço, no entanto, parecia ser em vão. Oito poções e nove unguentos depois, continuava o rapaz sem cura e sem voz.

As abelhas, seguindo o exemplo da mãe, não se deram por vencidas. Seguiram por uma viagem até o Criador, nos ombros da Grande Ursa. Por lá encontraram o mel sagrado, poção mais poderosa.

Somente assim acordou o rapaz, relembrando seu período de sono sereno. Sua mãe lembrou-lhe de que descansaria muito mais se não fosse sua intervenção. Quis saber a matriarca o que havia levado seu amado filho ao seu triste fim no rio de Manala.

Sabendo a verdade, decidiu que o jovem deveria antes retornar à casa, agradecer pela intervenção do divino que lhe devolveu a cura e a voz. Outros momentos teriam para buscar a fúria de dragões e reescrever o fim daquela história.

Agora era o momento de recobrar as energias, enquanto a narrativa segue para novos rumos.

# Segundo Ciclo

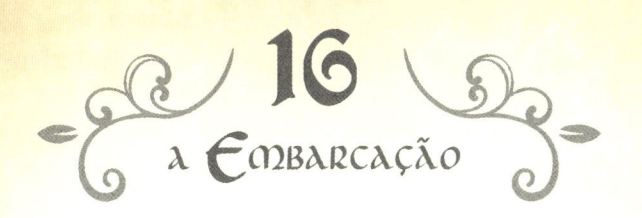

# 16

## a Embarcação

Longe da Lapônia e dos infortúnios do mais intrépido dos magos, também Väinämöinen procurava completar as tarefas impostas por Louhi, a Dama do Norte, para que conquistasse a mão da mais bela virgem de Pohjola: precisava construir um barco que navegasse sem remos. Noite e dia trabalhava, mas faltava-lhe madeira para o casco, para o mastro e o leme. Quem haveria de encontrar e trazer-lhe o material que precisava?

Foi então que se lembrou de Sampsa Pellervoinen, cuidadoso jovem eterno que nas matas e florestas trabalha recolhendo madeira. Alto e magro, com sua cesta ao redor do pescoço, era acordado a cada verão para que a natureza lhe acompanhasse.

Buscando o jovem, o mago menestrel saiu em viagem pelas montanhas, um machado de ouro em seu ombro e uma machadinha de cobre na mão. No terceiro dia finalmente avistou, do topo da mais alta montanha, Sampsa trabalhando com seu machado de cobre. O pedido foi feito e atendido, de forma que o jovem se colocou imediatamente a trabalhar. Cortou ele um choupo,

que estava prestes a cair quando lhe perguntou: "Diz-me, herói, o que desejas, de qual serviço necessitas?"

Sem pestanejar, Sampsa respondeu que, de fato, precisava de madeira para a embarcação de Väinämöinen, o mais sábio dos magos menestréis. Os cem ramos do choupo compartilhavam a sabedoria do ancestral feiticeiro e confessaram que todos os barcos confeccionados de sua madeira haviam fracassado. Todo seu tronco estava oco e por três vezes no verão vermes devoraram seus ramos, alimentando-se de seus tecidos.

Tendo ouvido a confissão do choupo, Pellervoinen voltou a vagar pela floresta até que encontrou o mais alto pinheiro que já havia visto. Com seu machado atingiu seu tronco e então lhe perguntou: "Fará sua madeira um barco digno de Väinämöinen?"

Porém mais uma vez a resposta foi negativa, pois o pinheiro bem sabia que sua madeira estava repleta de imperfeições e que por três vezes naquele verão corvos haviam ocupado seus galhos para construir lares para seus pequenos.

Sempre em frente seguia Sampsa, sem pestanejar. Avistou finalmente um carvalho ancestral e perguntou-lhe se sua madeira forneceria a força necessária para construir a embarcação do mais sábio dos magos menestréis. O carvalho respondeu que, sendo um pedido de Pellervoinen, ele forneceria com prazer sua madeira para construir o barco do herói. Sua madeira firme e perfeita seria a matéria-prima ideal para transportar o ancestral mago em sua nova aventura.

Foi assim que Sampsa pôde trabalhar e com seu machado mágico derrubou o tronco maciço do carvalho, monarca da floresta nórdica. Da madeira nobre produziu tábuas e varas para a embarcação do menestrel.

Com a preciosa madeira Väinämöinen pôde, assim, construir sua embarcação com a arte da magia. Com uma canção construiu a base, com uma segunda, completou o casco, com a terceira melodia fez o mastro e os remos, com grande harmonia.

Faltavam poucos detalhes quando as palavras lhe faltaram. Por uma canção seu barco continuava incompleto, para nunca navegar nos mares do Norte.

Procurou, então, nas bocas dos animais silvestres as palavras que lhe faltavam, mas sua caçada continuava sem frutos. Sem esperanças de que a natureza pudesse lhe oferecer as respostas que buscava, adotou então um caminho mais sombrio, pelas terras Tuonela, reino dos mortos.

Buscava com sua jornada aprender uma nova doutrina e encontrar as palavras que lhe faltavam, mas por lá a filha de Tuoni, governante da terra dos que já se foram, não se impressionou com o feito do ancestral mago.

Väinämöinen desejava um barco para cruzar o rio negro de Tuonela, mas a dama exigia saber por que ele estava ali, com seu velho corpo ainda saudável. Sua primeira resposta foi ter sido trazido de volta da morte pelo próprio Tuoni, mas a mentira não convenceu a pálida dama.

Sua segunda resposta era que o ferro o havia levado a Tuonela, mas não havia sangue em suas vestes, de forma que a dama, mais uma vez, não se impressionou. A terceira assertiva fora que a água o havia levado à terra dos que já se foram, e então fogo.

A dama então lhe avisou que a quinta pergunta seria a última e questionou-lhe mais uma vez por que estava ali o mago, com seu corpo ainda saudável. Foi só então que Väinämöinen lhe confidenciou a construção do barco e a perda das palavras. Pediu-lhe em seguida uma embarcação para que pudesse pegar emprestada uma machadinha e concluir seu trabalho.

A filha de Tuoni se impressionou com a falta de sabedoria e sensatez do mago, pois poucos voltavam de Tuonela. Mas o ancestral menestrel acreditava que somente mulheres idosas fugiam do perigo e que nem o mais fraco dos heróis se recusaria a completar tal jornada.

Ainda descrente dos propósitos e meios do herói, a dama lhe concedeu o barco conforme pedido, e com ele o mago remou pelas águas negras de Tuonela. Não tardou para que encontrasse Tuonetar, anfitriã da terra dos mortos, que lhe ofereceu a mais forte cerveja em cálices de ouro maciço.

Cauteloso, Väinämöinen observou o líquido, e percebeu todos os venenos que lhe habitavam. Informou, então, à dama que não havia descido à terra dos mortos para beber poções fatais.

Eis que a dama lhe perguntou o propósito de tão inusitada visita. Desta vez o mago ancestral contou toda a verdade sobre a criação do barco, as palavras perdidas e seu desejo de aprender novos encantamentos secretos.

Ao ouvir tamanha ousadia, a anfitriã declarou que Tuonela jamais fornecia encantamentos e que o menestrel nunca retornaria a ver o céu e o Sol da Kalevala! Com sua magia, a dama colocou Väinämöinen em um sono profundo e deixou-lhe aos cuidados do filho de Tuoni, com seus dedos de ferro.

Ao acordar de seu sono mágico, lembrou-se de onde estava e decidiu que sua única esperança era alterar seu corpo. Rastejando como uma cobra-d'água escapou para as águas escuras. Ao nadar de volta à superfície percebeu que o único caminho para a felicidade era ouvir os conselhos dos mais velhos e sábios, mantendo-se longe de Tuonela.

# 17
## PALAVRAS PERDIDAS

No retorno à Kalevala, Väinämöinen ainda estava às voltas com as palavras perdidas que precisava para finalizar sua embarcação. As águas negras de Tuonela não trouxeram o encantamento necessário, e o mago pôs-se a pensar onde mais poderia buscar a verdade que lhe faltava.

Foi então que um humilde pastor resolveu ajudá-lo e recomendou que procurasse pela tumba do sábio Vipunen. Para alcançá-la, ele teria que percorrer longa distância por um caminho inglório, seguindo as lâminas de espadas e as pontas de lanças.

O ancestral menestrel teve a ideia de visitar seu irmão, o ferreiro Ilmarinen, e pedir-lhe que lhe confeccionasse sapatos de ferro e luvas de cobre. Solicitou também que moldasse um cajado de metal com o auxílio de sua magia, para que pudesse seguir o caminho necessário para encontrar as palavras perdidas na boca do sábio Vipunen.

Ilmarinen, no entanto, lembrou-lhe que Vipunen há muito havia morrido e não poderia ensinar-lhe mais sabedoria alguma. Mas Väinämöinen não costumava se desencorajar com facilidade e, tendo nascido junto com nosso mundo, não compreendia as barreiras entre vida e morte como aqueles que contavam poucos verões. Dessa forma, seguiu em frente pela trilha de metal afiado.

Por três dias caminhou com grande dificuldade até que chegou à clareira que havia nascido do corpo de Vipunen, grande mago e menestrel. De seus ombros nasceram choupos, de sua tez brotaram bétulas, de seu queixo floresceram amieiros, de sua barba cresceram grandes salgueiros, de sua testa germinou o carvalho e de sua boca, um imenso pinheiro.

Com seu machado e muita magia, Väinämöinen derrubou todas as árvores da clareira e ordenou que Vipunen retornasse de Tuonela com toda sua sabedoria e magia.

Seu desejo foi atendido, mas o mago retornou com o tamanho e formato de clareira, tendo acordado com fome de metal. Engoliu Väinämöinen com seus sapatos, luvas e armadura de metal. Dentro do sábio e poderoso mago, nosso herói construiu um barco e navegou por suas entranhas à busca de uma saída de tão perigosa e curiosa condição.

Vipunen teve sua curiosidade atiçada pelo gosto do ancestral mago. Muitos heróis já havia devorado, mas havia algo em Väinämöinen que lhe fazia crer que o mago era, de fato, filho da dama do éter, pois somente ela poderia ter dado à luz uma criatura que fizesse suas entranhas estremecerem.

Chegou a pensar, até mesmo, que o menestrel que navegava por suas entranhas fosse uma calamidade enviada por Ukko como vingança por algum crime passado. Sentindo tamanha tortura, ordenou que deixasse seu corpo pedindo ajuda das divindades femininas. Se elas não fossem fortes o suficiente imploraria auxílio das forças da natureza, das damas da água, de Kape, filha da Criação, ou mesmo de Ukko, na abóbada do céu!

Pediu que saísse de seu corpo e retornasse às terras do Norte, que não construísse abrigo em suas entranhas e que o deixasse em paz. Se tal maldade tivesse sido trazida pelos ventos, que a maré de primavera a levasse embora; se tivesse sido trazida das gélidas montanhas de Jumala, que o fogo extinguisse seu sofrimento; se sua origem fosse as cheias de primavera, que suas águas encontrassem o rumo dos rios; caso tivesse surgido do reino de Kalma, que voltasse a sua própria terra; se fosse do reino de Lempo, que retornasse à floresta encantada.

Tentou, assim, banir Väinämöinen para as cavernas dos ursos brancos, para os abismos das serpentes, para as fontes quentes das montanhas, para o mar morto do Norte, para os desertos sem vida e sem Sol de Pohjola, de forma que não encontrasse descanso.

Se ainda assim não fosse suficiente, o baniria para as cataratas de Rutja e para além do rio de Tuonela, para que nunca saísse da terra dos que já se foram. Se por inédito feito conseguisse escapar, que fosse perseguido por Hiisi em todo seu território, com seus truques cruéis.

Quando o Sol raiou, deu ao invasor uma última chance de sair de seu corpo, de forma que Väinämöinen respondeu:

> "Satisfeito estou eu de permanecer
> Nessas espaçosas cavernas.
> Com prazer farei aqui minha casa!
> Para comer tenho teus tecidos,
> Para beber, o sangue ancestral.
> É uma boa morada para Väinämöinen!
>
> Nas entranhas farei minha oficina
> Pondo meu machado a bom uso.
> Teu corpo nunca deixarei
> Até que aprenda teus encantamentos
> Teus ditos de sabedoria
> Para assim aprender
> As palavras perdidas do Mestre."

Dito isso, o sábio Vipunen, profeta cheio de poder e magia, abriu os baús de sua sabedoria, repletos de encantamentos e canções de tempos ancestrais. Cantou as canções mais antigas, as origens da magia, a Terra e seus primórdios e a fonte do bem e do mal. Todas elas canções hoje entoadas somente em fragmentos por heróis da arte e da memória, nesses tempos de pecado e tristeza.

Cantou como, por comando de Ukko, o éter foi dividido, como da água surgiu a terra, e dela, a vegetação, os animais, os homens e os heróis. Narrou ainda como a Lua foi criada, como o Sol foi posto no céu, de onde vieram as cores do arco-íris e como as estrelas chegaram a salpicar o firmamento.

Entoou Vipunen em tons mágicos de sabedoria, tal como nunca havia sido ouvido. Alternou melodias e linguagens, que ecoavam em montanhas distantes. Por três dias cantou de manhã até a noite, e do entardecer ao alvorecer.

Todas as estrelas pararam para ouvir. A Lua permaneceu imóvel para escutar. Os rios pararam de fluir e as marés não subiram. Até mesmo a catarata de Rutja cessou seu jorrar. Toda a criação parou e ouviu.

Quando Väinämöinen havia aprendido os dizeres mágicos, as ancestrais canções e lendas, as melodias da primeira sabedoria e todas as palavras perdidas do Mestre, preparou-se para sair do corpo do bardo Vipunen e prometeu-lhe deixá-lo para sempre, retornando a seu povo na Kalevala.

Ao que Antero Vipunen respondeu:

"Muitas coisas já engoli
Urso, alce e rena,
Boi, lobo e javali,
Já engoli homens e heróis,
Mas nunca comi alguém
Tal como Väinämöinen.

Agora encontraste o que procuravas
Três palavras perdidas do Mestre
Já em paz, nunca retornes.
Tenhas minha bênção como companhia."

Com essas palavras abriu sua boca para que o ancestral menestrel pudesse deixá-lo, continuando sua jornada pelos vales do Norte até retornar às planícies da Kalevala.

De volta à sua terra, foi recebido pelo irmão, que imediatamente lhe perguntou se havia encontrado a sabedoria submersa, a doutrina secreta, as palavras perdidas do primeiro Mestre. Seu comparsa assim respondeu:

"Aprendi centenas de palavras
Milhares de encantamentos
Escondidos por muitas eras
Ensinados pela sabedoria!

Encontrei as chaves da doutrina secreta,
As palavras perdidas do Mestre!"

Väinämöinen, menestrel mágico, retornou para sua embarcação, terminando sua construção somente com magia. Lançou-a ao mar sem nada para propeli-la. Completou, assim, a terceira tarefa para a Dama do Norte, dote necessário para a mão da dama da beleza, sentada no arco do céu, em um laço multicor.

# 18
## Pretendentes e Rivais

**P**ara encantar a dama do arco-íris, Väinämöinen precisaria de toda ajuda que pudesse encontrar. Por isso, tomou cuidado para que seu barco fosse, além de mágico, esplendoroso. Pintou-o de azul e escarlate, com a proa dourada e os mastros de pinheiro. As velas, que nem necessitava para se movimentar, eram do tecido mais nobre, azuis, brancas e vermelhas.

Navegando em sua majestosa embarcação, pediu ajuda a Ukko, para que protegesse o ancestral herói, apoiasse seu fiel servo, em meio às correntezas, rochas e ondas do Mar do Norte.

A primeira a avistar o barco encantado foi Annikki, irmã de Ilmarinen, filha da noite e da aurora, que acorda todas as manhãs com o raiar do dia. Estava ela lavando seus vestidos na espuma do mar quando viu, no horizonte, algo que não sabia especificar a origem ou a natureza. Seria um cardume de salmões, ou um imenso carvalho boiando entre as ondas?

Continuava sua viagem Väinämöinen, até que a dama visualizou os detalhes da embarcação e percebeu que só poderia ser obra do ancestral mago, alegria e orgulho da Kalevala. Perguntou-lhe, então, o que fazia tão longe de casa, em tão poderosa nau. Väinämöinen respondeu-lhe que estava pescando trutas, mas a dama não se convenceu, pois seu pai havia sido pescador, e conhecia ela muito bem as demandas da prática. Sem redes ou varas não seria esse o objetivo do menestrel.

Disse-lhe, então, que iria caçar gansos selvagens, mas sem arcos ou flechas não seria essa a verdade. A terceira versão para sua viagem foi uma jornada para a batalha, mas também não convenceu Annikki, pois o mago não portava espadas, lanças ou machados de guerra.

Väinämöinen a convidou para a embarcação, mas a dama ameaçou invocar os violentos ventos se ele não lhe contasse seu verdadeiro propósito. Somente assim o filho de Ilmatar revelou seu intuito de retornar a Pohjola e conquistar a dama do arco-íris.

Annikki seguiu para a oficina de seu irmão e pediu-lhe que forjasse para ela anéis de ouro, seis ou sete cintos de prata e fivelas para seus cabelos em troca de uma história verdadeira. O eterno ferreiro aceitou a proposta, mas garantiu-lhe que, se não fosse convencido pela veracidade do caso, quebraria todas as joias e nunca mais forjaria peças para enaltecer sua beleza.

Mas Annikki sabia como atrair a atenção de seu irmão, relembrando-lhe que há três anos cortejava a dama do arco-íris, a mais bela virgem dos campos da Terra do Norte.

Sugeriu-lhe, então, que forjasse ferraduras para o verão, e para o inverno um trenó veloz, lindamente adornado. Dessa forma, poderia trafegar para a melancólica Pohjola e por lá chegar antes do outro pretendente, Väinämöinen, que naquele momento já velejava rumo ao Norte em seu barco encantado.

Enquanto ouvia a irmã, Ilmarinen permaneceu imóvel, inerte como uma estátua. Um pesar havia tocado o ferreiro artista. De uma de suas mãos caiu a lâmina, da outra, o martelo. Respondeu, então:

"Annikki, irmã valorosa,
Para ti forjarei cintos de prata
Anéis de ouro para adornar teus dedos
Brincos e fivelas de prata.

Vai e aquece o banho
Acende o fogo com a lenha
Faz o sabão com virtude mágica

Para que eu limpe meu corpo
Clareia minha pele da fuligem,
Remove as cinzas que me cobrem."

Sem demora seguiu Annikki, devotada irmã, para o quarto de banho. Aqueceu o ambiente com os nós dos pinheiros, que os ventos de trovão haviam quebrado. Juntou pedras do riacho e jogou-as na banheira. Quebrou folhas de bétula e embebeu-as no mel. Misturou leite e cinzas, e então a gordura e o tutano das renas das montanhas. Fez o sabão com virtude mágica, digno do mago seu irmão.

Ilmarinen seguiu trabalhando, forjando os ornamentos que sua irmã tanto desejava. Quando Annikki encerrou seu trabalho no quarto de banho, recebeu os delicados presentes do irmão. Ele poderia, então, banhar-se e preparar-se para ganhar o coração da mais bela dama do Norte.

Ilmarinen lavou os cabelos e a barba, banhou o rosto até que sua face recordasse de seu tom rosado. Água em abundância jogou sobre seus olhos até que brilhassem como o luar em um lago. Com seu corpo forjado pelo trabalho duro e suas faces agora rosadas, pediu que sua irmã buscasse suas roupas de linho, sua melhor vestimenta, para que a serenata fosse bem-sucedida.

Annikki trouxe as mais belas roupas do mago, confeccionadas por suas mãos. As meias de seda, o colete de cor azul como o céu de inverno, as calças de linho e o rico cachecol. A eles adicionou um casaco de pele de foca ajustado com mil botões e adornado com incontáveis joias. Finalizou com um cinto mágico, com a fivela de ouro que sua mãe artista havia forjado. Calçou as luvas e vestiu o gorro, confeccionados na própria Lapônia e, dessa forma, sentiu-se pronto para cortejar a mais bela e virtuosa dama do Norte.

O ferreiro mágico possuía sete cavalos magníficos e deles escolheu o mais forte e veloz para sua missão na tenebrosa Sariola. Pediu então a Ukko que trouxesse a neve, para que seu trenó pudesse deslizar até seu destino. Quando o manto branco cobriu a terra, partiu para o Norte.

Cada vez mais rápido seguiu pelas bordas congeladas das planícies da Kalevala rumo às montanhas da Lapônia. Seguia pela costa, buscando avistar a embarcação mágica de Väinämöinen. Viajou um dia e então dois, até que no terceiro dia alcançou a ancestral menestrel e assim lhe disse:

"Sigamos em paz para a Lapônia
E cortejemos a mais bela dama,
Sentada do arco do céu.
Que cada um tente conquistá-la
E deixemos para ela
A escolha de com quem se casar."

A resposta de Väinämöinen foi igualmente inspiradora:

"Concordo com tua proposta!
Cortejemos em paz a dama
E deixemos que ela siga suas escolhas.
Que o pretendente desafortunado
Não tenha raiva ou inveja
Do herói que ela seguir."

Ambos em concordância, seguiram para a Lapônia em uma velocidade que só a magia poderia gerar. Väinämöinen conclamou os ventos do Sul, e eles voaram para sua assistência.

Momentos depois já ouvia os cães latindo nas mansões do Norte, na corte de Sariola. Eram os cães de guarda de Louhi, que nunca haviam ladrado tão alto quanto naquele momento.

O mestre de Pohjola ordenou que sua filha fosse averiguar o motivo do furor, mas ela estava muito ocupada. Tinha que trabalhar com suas peles de cordeiro, girar o moinho e transformar os grãos de cevada em farinha. Somente ela tinha tempo para tais afazeres.

O mestre voltou-se assim para sua consorte, para que descobrisse por que os cães ladravam com tamanha ferocidade. No entanto, sua esposa não tinha tempo ou inclinação para a tarefa. Ela precisava alimentar sua casa, sempre faminta, e somente ela tinha forças para sovar a massa do pão.

Exaurido, o mestre de Pohjola percebeu que damas estão sempre ocupadas e resolveu voltar-se para seu filho. Também a ele faltava o tempo e a inclinação para investigar os latidos. A ele competia cortar a lenha que os aqueceria.

Continuavam a latir os cães, tanto os domésticos, acordados de seu sono confortável, quanto os ferozes, presos em seus canis.

Sabendo que seus cães não ladravam sem motivo, o mestre de Pohjola foi por si mesmo descobrir o motivo da comoção. Caminhou ele pelos pátios de seu palácio, adentrou o bosque que o cercava e chegou até o topo da mais alta montanha.

Lá ele avistou o motivo do desconcerto de seus cães: uma embarcação escarlate se aproximava a toda velocidade, adentrando a baía de Lempo. Viu, ainda, um trenó de cores mágicas deslizando pela costa por sobre os campos nevados da Lapônia.

O mestre retornou, sem delongas, para seu castelo e comunicou sua descoberta a sua esposa, Louhi. A Dama do Norte ordenou que sua filha colocasse um ramo sobre a lareira, para que queimasse com fogo mágico. Se de seu verdor pingassem gotas vermelhas, os estranhos que se aproximavam trariam guerra e sangue à Lapônia. Se, por outro lado, as gotas fossem cristalinas, os recém-chegados trariam paz e abundância.

A bela e modesta dama atendeu ao pedido da mãe, mas as gotas que do ramo caíram não foram cristalinas, nem escarlates. Das folhas caíram gotas de mel, e foi assim que a Dama do Norte compreendeu que os estrangeiros eram aliados e pretendentes.

Mãe e filha deixaram então seus afazeres e correram para o pátio. Avistaram primeiro a magnífica embarcação da cor do Sol poente. Guiando-a estava um herói ancestral.

Mas ele não era o único a se aproximar. Um trenó mágico também deslizava pela costa de Pohjola. Com as rédeas estava um jovem belo, forte e orgulhoso.

A Dama do Norte, observando a cena, voltou-se para a sua filha e perguntou-lhe se ela desejava um nobre pretendente. Os dois heróis magos se aproximavam para conquistá-la, mas desejaria ela deixar sua casa e país para ser a companheira de vida de algum dos dois?

Explicou-lhe que aquele que vinha na embarcação mágica era o bom e velho Väinämöinen. Em sua embarcação sem dúvida traria presentes e riquezas da Kalevala. Já o jovem que se aproximava no trenó era o ferreiro Ilmarinen, que vinha de mãos vazias, somente com ditados de sabedoria.

Diante das alternativas, aconselhou sua amada filha que, ao chegarem à sua morada, trouxesse bolos de mel e uma caneca de duas asas e desse àquele que iria seguir. Que os ofertasse ao ancestral Väinämöinen, que trazia uma embarcação mágica, e tesouros sem igual.

A gentil e adorável dama agradeceu os conselhos da mãe, mas avisou-lhe que não se casaria por riqueza, mas sim pelo valor de caráter de seu futuro esposo. Nos tempos ancestrais as damas não eram vendidas por mães ansiosas a pretendentes que não amavam.

Após abrir o coração para sua mãe, teve certeza de que escolheria Ilmarinen, sem tesouro algum, mas com sua sabedoria. Seu noivo seria o ferreiro que havia forjado o magnífico sampo!

A Dama do Norte não aceitou com facilidade a escolha da filha. Considerou-a leviana e impulsiva. Não percebia a alegria de cuidar de um marido e receber imensas riquezas do ancestral mago.

Mas a jovem dama estava decidida que jamais se casaria com o bom e velho Väinämöinen, mesmo com todo seu ouro e prata. As riquezas que ele trazia não compensariam passar seus mais belos anos cuidando de um marido ancestral.

Para sua infelicidade, o primeiro a chegar foi exatamente Väinämöinen, que ancorou sua fantástica embarcação e partiu para o castelo dos governantes de Pohjola. Lá chegando, dirigiu-se à jovem dama com as seguintes palavras:

"Vem a mim, adorável virgem,
Ser minha noiva e companheira
Compartilhar minhas alegrias e pesares
Ser minha esposa honrada!"

Sempre cautelosa, a dama perguntou-lhe se o herói havia lhe construído a embarcação mágica que sua mãe havia ordenado. Apontando para a costa, Väinämöinen afirmou:

"Construí a embarcação prometida
O mais majestoso veleiro
Criado por magia para resistir
Aos mais fortes ventos
E mais violentas ondas.
Uma embarcação que sobreviverá
À tempestade mais assombrosa
Velejando suavemente de volta
À costa de Pohjola."

A dama não se impressionou e assim respondeu:

"Não casarei com um herói
Nascido nas profundezas do mar
Não gosto de ondas e tempestades
Não posso viver com tal marido!
Tempestades trazem dor
Ventos destroem nossos corações
Então não posso seguir-te
Não posso ordenar tua casa
Não posso tornar-me tua companheira
Não posso casar-me
Com o velho Väinämöinen."

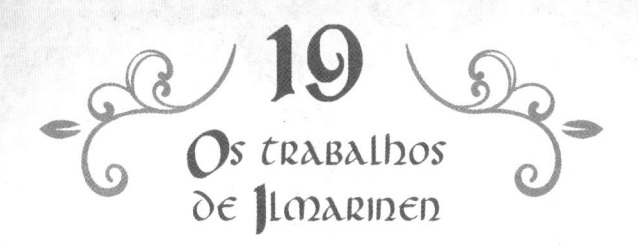

# 19
## Os trabalhos de Ilmarinen

A chegada de dois pretendentes poderia ter confundido outra donzela, mas a bela dama do arco-íris estava decidida e manifestou sua vontade ao entregar a caneca repleta de mel ao artífice ferreiro.

Seguindo os ancestrais costumes, Ilmarinen jurou que só beberia a primeira gota do estimado presente quando sua prometida estivesse pronta para ser sua noiva.

No entanto, Louhi, Senhora do Norte, não estava disposta a abandonar suas velhas artimanhas e garantiu ao ferreiro que sua herdeira só estaria pronta quando o talentoso mago arasse a terra das víboras.

Sem saber qual rumo tomar ou de que forma completar a vil tarefa, Ilmarinen buscou sua prometida. Foi então que a adorável jovem sugeriu que seu prometido forjasse um arado de ouro e prata, assim como uma camisa de ferro, calças de aço e luvas de cobre.

Pôs-se ele a trabalhar até que estivesse coberto de metal. Quando estava suficientemente protegido, seguiu para o campo de víboras, onde conseguiu conquistar as vis criaturas e seu próprio receio, completando a missão.

Não satisfeita com a improvável vitória, Louhi traçou outro plano, ainda mais perigoso que o primeiro. Exigiu a captura do lobo de Mana e do urso de Tuoni, dos ermos da Tuonela, atrás dos abrigos de Manala. Centenas haviam tentado o feito, e nenhum havia sobrevivido à própria ousadia.

Por uma segunda vez, Ilmarinen buscou sua prometida. Desta feita ela propôs que ele forjasse uma mordaça de aço e grilhões de ferro, e que em seguida buscasse a rocha mágica da qual emanava a bruma que atrairia as feras de Tuonela.

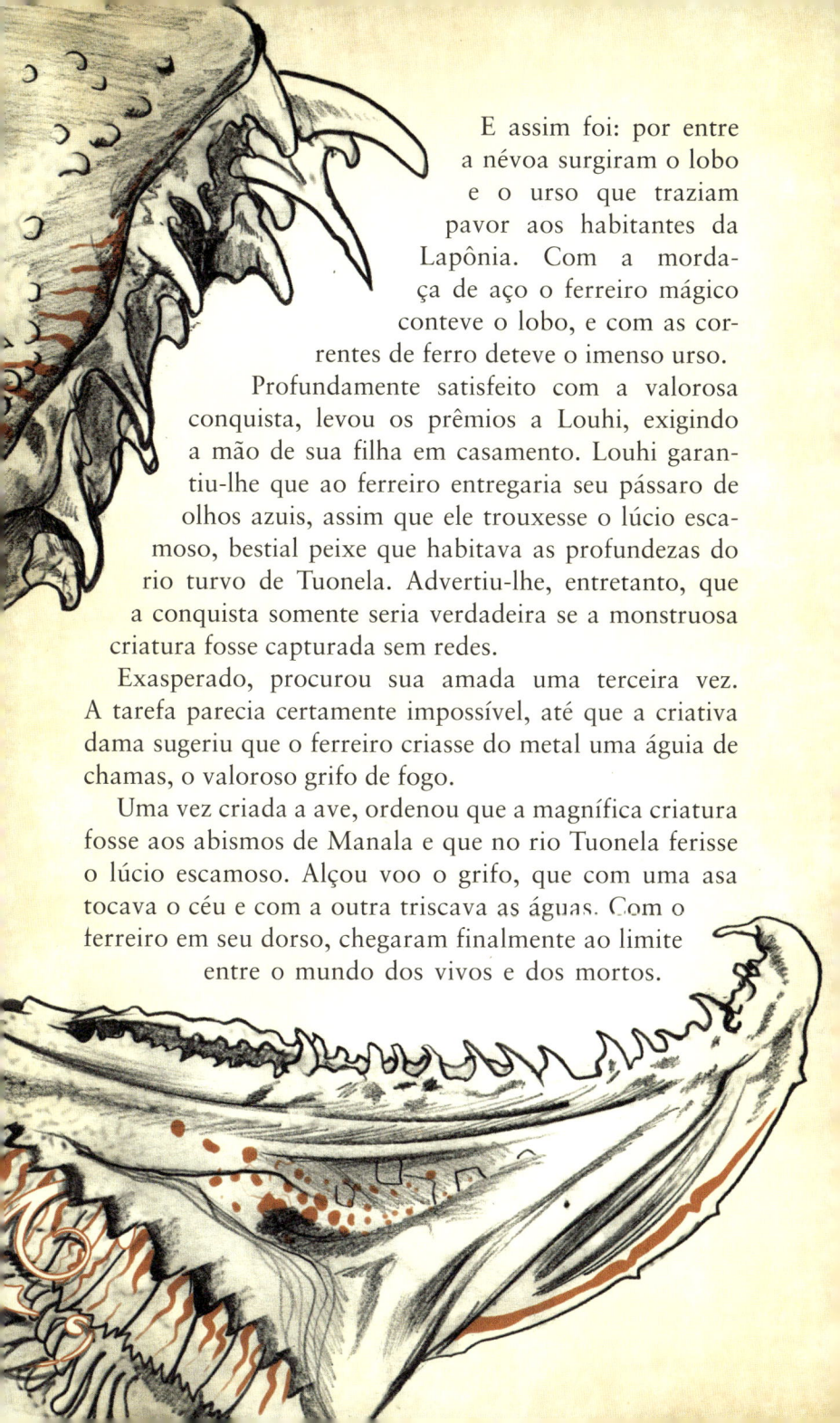

E assim foi: por entre a névoa surgiram o lobo e o urso que traziam pavor aos habitantes da Lapônia. Com a mordaça de aço o ferreiro mágico conteve o lobo, e com as correntes de ferro deteve o imenso urso.

Profundamente satisfeito com a valorosa conquista, levou os prêmios a Louhi, exigindo a mão de sua filha em casamento. Louhi garantiu-lhe que ao ferreiro entregaria seu pássaro de olhos azuis, assim que ele trouxesse o lúcio escamoso, bestial peixe que habitava as profundezas do rio turvo de Tuonela. Advertiu-lhe, entretanto, que a conquista somente seria verdadeira se a monstruosa criatura fosse capturada sem redes.

Exasperado, procurou sua amada uma terceira vez. A tarefa parecia certamente impossível, até que a criativa dama sugeriu que o ferreiro criasse do metal uma águia de chamas, o valoroso grifo de fogo.

Uma vez criada a ave, ordenou que a magnífica criatura fosse aos abismos de Manala e que no rio Tuonela ferisse o lúcio escamoso. Alçou voo o grifo, que com uma asa tocava o céu e com a outra triscava as águas. Com o ferreiro em seu dorso, chegaram finalmente ao limite entre o mundo dos vivos e dos mortos.

Ao se aproximarem do tenebroso rio, o monstro surgiu para ferir o artífice, mas a águia foi mais veloz e com seu bico agarrou-o pela nuca.

Ferido, mas não derrotado, o ser bestial investiu novamente contra o mago ferreiro, mas foi atacado pelas garras férreas da invenção alada. Com muito esforço, a águia acuou a monstruosidade, até que com ele alçou voo para o mais alto pinheiro. No topo da árvore, seguiu as ordens de seu mestre. Com suas garras e bico de ferro afiado, destroçou a besta e cortou-lhe a cabeça.

Foi esse o troféu que levou a Louhi. A Dama do Norte, no entanto, não se mostrou impressionada e criticou o fraco trabalho com que havia retalhado a besta.

Ilmarinen se defendeu argumentando que não se conquista sem dano nem em campos verdes coroados pelo céu azul, tanto mais nas profundezas de Tuonela, fronteira para o mundo dos mortos.

Vencida pelo argumento, Louhi concordou que o ferreiro poderia buscar sua amada, que estava entre dezenas de belas donzelas, todas lindamente vestidas e com as tranças soltas.

Sua magnífica águia cruzou primeiro os portões do castelo de Pohjola, voando sem delongas ou desvios para a dama do arco-íris, prometida do valoroso herói da Kalevala.

Ao localizar a dama, Louhi perguntou ao pretendente como ele havia se informado da existência de sua filha. Diante da corte da Lapônia, Ilmarinen respondeu:

"Certamente tenho sorte!
A fama do pai é grande
Da mãe, ainda maior!

Aprendi com o tempo
Que a menina havia crescido.
Deixado a meninice
Para encantar olhares!

Avistei-a uma primeira vez
Nos alpendres do quintal
Sob os raios da manhã.

Uma segunda vez a vi
No campo de palha,
Cuidando de seus potes.

A terceira vez a avistei
Tecendo junto à roca
Deslizando os dedos pelo fio
Tal como lontras sob o Sol."

Ao ouvir a narrativa, a Dama do Norte se enfureceu, pois já havia avisado à filha que pelos pinhais não deveria passear, mostrando o colo ou a brancura dos braços. Para ela, melhor teria sido construir uma casa oculta, de janelas pequeninas, longe dos olhos e ouvidos dos pretendentes da Kalevala.

A valorosa dama não concordava com a mãe, pois sabia que cavalos são fáceis de esconder. Outra história era ocultar damas! Mesmo que tivesse construído no meio do oceano, as meninas cresceriam e atrairiam uma multidão de pretendentes.

Ao ouvir tal conversa, Väinämöinen baixou a cabeça e lamentou não ter cortejado sua futura esposa quando ainda havia tempo.

"Tolo é o homem que lamenta
Casar na flor da idade,
Ter filhos na juventude,
Começar uma família
Na aurora de sua vida..."

Foi assim que Väinämöinen proibiu anciões de cortejarem jovens damas, de ansiar por belas virgens. Tudo começou com a conquista de Ilmarinen e a vontade e criatividade da dama do arco-íris.

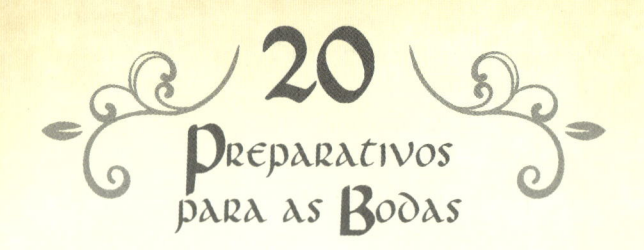

# 20
## Preparativos para as Bodas

**M**uito havia que se preparar para as bodas da herdeira de Pohjola. Para lá se dirigiam, sem cessar, toda sorte de criaturas. Um esquilo por um mês correu ao Norte e uma andorinha chegou esbaforida, sem pousar pelo caminho.

Da Kalevala estava sendo trazido um imenso touro, arrastado pelos chifres por cem homens. Estavam convencidos que não haveria um só rapaz em toda Pohjola que pudesse matar a magnífica criatura.

Por todos os lados procuraram aquele que derrubaria o touro, mas o único capaz do feito não veio da terra, e sim do mar. De pele escura e mãos de cobre, tinha chapéu e sapatos de pedra. Não era grande, nem pequeno, e na mão trazia uma adaga de ouro.

Com um único golpe na nuca, pôs o touro de joelhos e o abateu. Da besta, conseguiram cem cestas de carne, sete barris de sangue e seis de gordura para a festança da Lapônia.

Tantos eram os convidados que o castelo de Pohjola parecia um único quarto. Isso muito preocupava Louhi, pois onde encontraria cerveja para saciar a sede de toda aquela gente?

Para solucionar a questão, aprendeu a origem da bebida quando Lúpulo, filho de Remunen, havia ficado preso no chão, ainda pequeno, nos campos da Kalevala. Foi dele que nasceu o arbusto que cobriria as planícies da Kalevala.

Já a Cevada havia sido plantada pela Sorte. Quando brotou, ela e o Lúpulo chamaram a água, pois era triste e melancólico viver só. Quando os três se uniram, a filha de Osmo pegou seis grãos de Cevada, sete florezinhas de Lúpulo, oito conchinhas de água e pôs no fogo para ferver.

Ferveu, mas não fermentou. Pôs-se, assim, a dama a ponderar. De uma lasca encontrada no chão, fez um esquilo, a quem ordenou que colhesse as pinhas do abeto e as cascas de pinheiro. O obediente esquilo levou as encomendas para a moça cervejeira e as despejou na mistura fervida.

Insatisfeita com o resultado, esfregou outra lasca, de onde surgiu uma marta. Ao segundo animal criado das lascas inertes ordenou que fosse à gruta dos ursos, buscar levedura, pois a jovem mestre cervejeira precisaria de espuma.

Quando chegou à caverna, os ursos que ali habitavam se encontravam em plena luta. De seus queixos escorria uma espuma que a marta não tardou em coletar. De volta à casa de Kalevatar, a dama acrescentou a espuma à jovem bebida, mas, para sua tristeza, ela não fermentou.

A moça de dedos e pés ágeis pôs-se a caminhar nervosamente pela casa, em busca de um sinal. Foi em meio a tal caminhada que percebeu no chão uma ervilheira. Pegou-a com cuidado e, quando a esfregou, de suas folhas verdinhas nasceu uma abelha.

Ao inseto-rei das flores deu uma tarefa que muito lhe custaria: deveria ir à ilha no mar aberto, onde havia adormecido uma donzela, com feno doce a seu lado. Não tardou a abelha a passar por rios e mares até chegar ao oceano. A ilha não era difícil de avistar, e muito menos o prado melado que cercava a bela dama adormecida. Molhou as asas na bebida e voou de volta à morada da jovem cervejeira. Eis que sua aventura não foi em vão: ao derramar a doce mistura no barril, pôde observar a bebida borbulhando até transbordar de suas bordas.

Logo vieram homens para beber a nova invenção, nenhum mais dedicado à tarefa do que Lemminkainen. Embebedaram-se tanto que a jovem Kalevatar amaldiçoou a bebida como uma má cerveja. Foi um tordo que lhe explicou que de má sua bebida não tinha nada. Assim foi a cerveja criada, bebida de bom tipo que faria as mulheres gargalharem, poria os homens de bom humor, faria os justos festejarem e até os tolos saltitarem.

Lembrada a origem da bebida, Louhi se pôs a produzi-la em tamanha quantidade que às fontes faltou água. A fumaça das fornalhas onde a bebida fervia quase escureceu toda a Lapônia.

Foi essa fumaça que se viu na longínqua Kalevala, onde a mãe de Lemminkainen presumiu que decerto tratava-se de uma batalha. Decidida como sempre, convenceu-se de que precisava investigar a origem de tamanho fogaréu.

Em Pohjola, a senhora Louhi assava pães em quantidade para o banquete do casamento de sua filha. Para que os preparativos estivessem completos, faltava, no entanto, um excelente cantor.

Resolveu que não havia pessoa melhor para a tarefa do que o mestre Väinämöinen. Tomada tal decisão, despachou sua dama de maior confiança com uma enormidade de convites. Estavam na lista toda a gente de Pohjola e da Kalevala. Seriam convidados os pobres e tristes, os abastados em seus belos cavalos, os cegos, os ágeis, os mancos e os miseráveis. O único que não deveria ser convidado era Lemminkainen, o mago mais leviano que as terras do Norte já haviam conhecido.

# 21
## o Casamento

Em meio a tantos afazeres, a dama de Pohjola mal teve tempo de olhar pelas janelas do castelo da Lapônia. Quando finalmente teve uma oportunidade enquanto seus últimos pães assavam, viu um imenso volume de trenós se aproximando em alta velocidade. Chegou a temer pelo pior, mas logo percebeu que se tratava da caravana de seu futuro genro.

Dentre os muitos homens da Kalevala que compunham o séquito, avistou o noivo em seu corcel negro. Louhi ordenou que o majestoso cavalo fosse muito bem cuidado e alimentado, e que repousasse sob mantas bordadas a ouro.

Abrigar seu futuro genro provou-se ser uma tarefa mais complexa. Com seu magnífico corpo e indumentária de gala, o ferreiro mágico não passaria pela porta! Mas ele não se fez de rogado e pelas vigas de macieira se esgueirou. Na casa amplamente ornamentada conseguiu entrar, mas não sem antes derrubar um bom pedaço de telhado. Tal feito não aborreceu a senhora de Pohjola, que abençoou a chegada de seu genro.

Louhi ordenou que a serva, contratada de uma vila vizinha, acendesse a chama de casca de bétula para que pudesse ver seu genro e distinguir a cor de seus olhos. Assim a moça o fez.

Começou então a farta refeição, com salmão, porco, pães e manteiga. Para completar a festança, a moça serviçal trouxe sua grande criação: a cerveja, servida em fartos canecos. Imaginou ela o que aconteceria quando a bebida chegasse ao velho Väinämöinen, pois todos esperavam ansiosos por uma de suas canções.

Todos o observavam atentamente, mas foi uma criança que primeiro pediu que o velho menestrel os premiasse com sua voz e melodia. O ancestral mago perguntou se alguém mais o acompanharia em uma canção. Todos ficaram acanhados, mas felizmente ele não precisava do auxílio de ninguém. Cantou como nunca, até que todas as mulheres fossem somente sorrisos, e todos os homens estivessem de bom humor.

Cumprida sua tarefa, o velho menestrel terminou sua sublime canção com uma prece:

> "De que sou eu de fato,
> Como cantor, como sábio?
> Nada posso fazer
> De nada sou capaz;
> Se essa canção
> Pertencesse ao Criador
> Ele cantaria os mares em mel,
> Os bosques em grãos.
> Cantaria currais cheios de vitelas
> Pastoreios de vacas leiteiras.
> Peles de lince aos senhores,
> Bons tecidos às senhoras.
>
> Que Ele conceda sempre
> Que se possa assim viver.
> Corra a cerveja em rios,
> Com festejos noite adentro.
> Enquanto vivam o senhor
> E a senhora!
>
> Que Ele recompense
> Aos filhos na pesca
> E às filhas nos teares
> Para que nunca se arrependam
> Desse grande banquete
> Que festejou a multidão!"

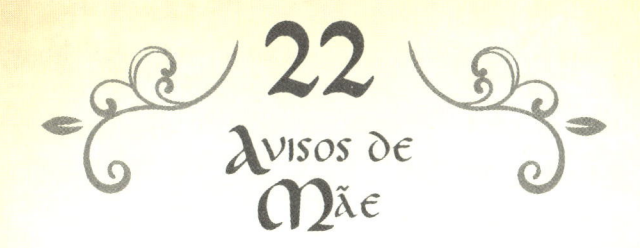

# 22
## Avisos de Mãe

Na espera pela cerimônia, o noivo estava encantado. Era tão claro o sentimento em seu semblante que a senhora de Pohjola teve que perguntar o motivo do encantamento, se era pelo reino, pela generosidade de seus senhores, pela beleza da casa que o recebeu ou da cerimônia. Ilmarinen respondeu que, embora estivesse tocado pelo banquete e pelo reino, seu encantamento era todo pela doçura de sua noiva.

Mas ele ainda teria que esperar, pois a noiva ainda não estava pronta: somente uma trança estava feita, e somente uma manga cosida. Faltava-lhe ainda uma luva e um sapato a calçar. Aguardou, então, o ferreiro mágico, pela dama que aceitou tão prontamente as riquezas prometidas. Sairia da casa dos pais, onde tudo tinha, menos preocupações.

Acordou então a virgem para a vida que a esperava. Não mais menina, agora mulher, com responsabilidades de dona da casa. Os olhos encheram-se de lágrimas, sem que ela ao menos entendesse o que havia mudado em seu coração. Era chegada a hora de deixar a bela casa de seus pais, com um pé na soleira da porta, outro no trenó de seu noivo.

Lembrou sua mãe das lições que havia lhe dado desde menina. Que dissesse sempre não aos pretendentes que a levariam para longe de sua terra. Que não seria nora longe de casa, mesmo com todas as riquezas e os mais belos pretendentes. Sua escola seria agora outra, muito mais dura. A sogra severa teria para a jovem noiva outras palavras e muitas ordens. Agora seria sua vez de trabalhar.

Chorou muito, sem saber ao certo de onde vinha tanta melancolia. Felizmente lembrou-se que se mudaria para um lugar melhor e que se casava com um homem honrado. Na fazenda de seu amado, teria grãos e não árvores, trigo e não riachos, montes de moedas, ao invés de pilhas de pedras.

# 23
## Conselhos à Noiva

Em meio à melancolia da partida e a esperança de uma vida melhor encontrava-se a dama do arco-íris. Coube à mestra cervejeira Kalevatar iluminá-la com sábios conselhos. Lembrou-lhe de que iria para uma terra estranha, para morar com outra família. Precisava, portanto, ter cautela. Não havia cabimento que se comportasse livremente, tal como era na casa de seu pai.

Aconselhou-lhe, ainda, que levasse seus pertences, mas que fizesse três coisas em casa: dormir para além da aurora, acalentar-se com as palavras doces da mãe e encontrar manteiga na batedeira. Deveria levar suas coisinhas, mas deixar a preguiça para as filhas que ainda estavam em casa, sentadas ao lado da lareira.

Novos caminhos iria ela traçar e os antigos esquecer. Para o amor de mãe que perderia, o da sogra iria ganhar. Para os conselhos do pai que perderia, os do sogro iria ganhar. Para o carinho de irmã que perderia, o da cunhada iria ganhar.

Lembrou-lhe da importância dos bons modos e de tratar a família de seu noivo com o mesmo respeito que reservaria à sua. Nos conselhos ainda havia espaço para relembrar de manter sempre a mente clara, o bom senso, o pensamento decidido e a compreensão consistente.

Para o dia a dia, era vital se lembrar de que o primeiro canto do galo era o momento de os jovens se levantarem e os velhos descansarem. Quando a Grande Ursa surgisse no céu, seria para guiá-la de volta a seu esposo.

Em sua nova casa, caberia a ela cuidar de todos os animais, do fino feno dos carneiros à palha das vacas.

Mas que não se demorasse no curral, pois na casa um bebê a esperaria.

Que voltasse já com um balde d'água, para lavar os assoalhos. Banhasse também o bebê, ainda que fosse da cunhada. Quando fosse lavar as mesas, que não se esquecesse das pernas, ou do pó nas beiras das janelas. Depois de limpar as cinzas do fogão, que reparasse sempre na indumentária. Que se vestisse sempre de acordo, para que o noivo não se aborrecesse.

Cautela ainda maior seria necessária para cuidar das sorveiras do quintal. São sagrados seus ramos e folhas e ainda mais as suas bagas. Estivesse ela avisada.

Que estivesse sempre atenta e sempre pronta a ajudar. Se, em algum momento, não soubesse como ajudar, que perguntasse à senhora da casa, para assim elucidar. Ela lhe indicaria o trigo para amassar, a lenha para carregar, o pão para sovar, os pratos para lavar.

Para a sauna, de tardinha, traria ela a água e as escovas, sem demora para que os sogros não pensassem que se estendia ela sobre os bancos.

Para os tecidos, que tecesse sua própria lã. Para a cerveja, que fermentasse sua própria cevada.

Se um estranho aparecesse, deveria falar educadamente e dar-lhe de comer palavras, até que a sopa estivesse pronta. Após alimentado, não deveria acompanhá-lo para além da porta, pois desagradaria o noivo.

Se tivesse vontade de visitar as amigas, que pedisse permissão e, enquanto lá estivesse, não censurasse a sogra ou criticasse a casa. Às jovens noivas deveria dizer sempre que a sogra a alimentava tão bem quanto sua mãe.

Quando voltasse a sua casa, que não rebaixasse sua mãe, que a fez crescer. Muitos castigos esperam em Manala àquelas que esquecem quem as criou. Importante ainda era que não se importasse com os caprichos do esposo.

A irmã de Kalevatar tinha saído de casa para um caminho inclemente. Da nova família só havia ganhado indiferença e mesmo assim aceitava sem censura, buscando ganhar o afeto com seu trabalho e humildade. Reservavam para ela o trabalho mais duro e para as refeições, somente trutas. Dela falaram inverdades, mas nem isso a vergou.

Mas o esposo tomou o caminho que não tem volta. Cada vez mais bruto, passou a ser o maior temor da vida da esposa. Dele fugiu em uma noite escura e gélida. Não tinha como voltar e nem para onde ir. Finalmente encontrou o rumo da casa de seu irmão, que quase não a reconheceu. Ordenou que lhe trouxessem sopa e cerveja, pois que a sogra e a cunhada não tinham cuidado com ela.

Partiu novamente, para a vila de seus pais falecidos, onde finalmente encontrou um pouso, muito tempo depois de sair da casa dos pais e enfrentar tormentos que sequer sabia que existiam.

# 24
## Conselhos ao Noivo

Já tinha sido a jovem instruída quando as atenções se voltaram para o futuro esposo, o ferreiro mágico Ilmarinen. O primeiro conselho foi que agradecesse por sua sorte, pelo bem que havia recebido. E não bastava que se sentisse grato à moça. Deveria ele também agradecer aos pais que a criaram.

Para ela deveria forjar as melhores ferramentas para o prado e o melhor tear. Quando as mulheres da vila perguntassem se havia algum erro no tecido, que fosse rápido a responder que equívoco algum existe no tecido feito por sua amada.

Em sua viagem teria que demonstrar todo o cuidado, pois a donzela não estava acostumada a por morros e rochas ser arrastada. Nunca havia ela também passado fome, de forma que era sua obrigação manter os silos plenos de centeio e cevada.

Foi advertido também que não deixasse sua noiva soluçar de saudades. Sempre que necessário, deveria ele montar em seu corcel e levá-la para visitar a casa de seus pais.

Tratando-a bem, seria sempre ele bem visto. Ao retornar à casa da sogra, teria sempre o que comer e beber do bom e do melhor. Nunca deveria ele fustigar a bela moça, que nunca havia assim sido tratada na casa de seus pais.

Deveria ser ele o muro que a protegeria de qualquer desgosto ou maldade, vindo do sogro, da sogra ou de línguas ásperas de estranhos. Nunca haveria de deixar que magoassem sua querida, aquela que por três anos buscou.

Compreendeu os conselhos e pôs-se a pensar como poderia retribuir todo o cuidado recebido. Agradeceu primeiramente à mãe e ao pai. Em seguida, demonstrou toda sua gratidão aos novos irmãos.

Foi a vez, então, da jovem se despedir de sua vida de menina. Imaginou quem dela se lembraria quando retornasse. Sua querida família e o cachorro que alimentou desde moça certamente a receberiam com a alegria de sempre. Seus caminhos e esconderijos, no entanto, teriam mudado, assim como ela.

Ilmarinen e sua jovem esposa subiram então no trenó que os levaria de Pohjola. Por três dias a mão do ferreiro guiou seu corcel. Quando já se punha o Sol no terceiro dia chegam às cabanas de Ilmajola, com fumaça saindo das chaminés e se confundindo com as nuvens.

# 25
## Na casa de Ilmarinen

Há muito que os servos e aldeões aguardavam o séquito que acompanharia o senhor Ilmarinen e sua jovem noiva. Já estavam com as botas gastas de tanto caminhar nas margens do rio quando, certa manhã, que começara como tantas outras, ouviram finalmente o chacoalhar de um trenó.

A primeira a notar foi Lokka, mãe do ferreiro, aguardando ansiosamente o filho e a nora na casa que havia sido construída por seu esposo. No primeiro olhar já soube que a viagem havia sido uma dádiva: voltava ele com a virgem a seu lado, bem-sucedido em sua grande empreitada.

Não tardou para que a jovem saísse do trenó, caminhando pelo quintal que o sogro arou e a sogra cuidou. A casa esperava por quem a limparia, as alamedas antecipavam quem por elas caminharia, os animais aguardavam por quem os alimentaria.

Nem bem entrou na casa e uma criança ao chão repetiu uma história ouvida na vila, que não era a jovem moça um tesouro, que havia nela a maldade e o frio do Norte. Lokka, no entanto, protegeu a nora e fez a criança se calar. Naquela casa não haveria injúrias à menina, nem vindas da imaturidade, nem da perversidade.

Disse assim a sogra:

> "Não se vê na Germânia
> Nem se encontra para lá da Estônia
> A beleza e doçura dessa moça.
>
> Não vem ela de mãos vazias
> Traz peles e tecidos

Fiados na própria roca
Adornados por suas mãos.

Cara jovem, moça bela
Eras nobre filha na casa de teu pai.
Serás para sempre ilustre
Na morada de teus sogros.

Em teu longo caminho,
Vistes montes de grãos ceifados?
Pois todos são desta casa
Por teu noivo lavrados e semeados.

Quando em tua mente desejares
Peixe como teu pai pescava
Pede logo a teu marido!

Nossa querida aldeia,
Lugar melhor não há!
Prado embaixo, jardins acima
E a aldeia bem ao centro."

Mas não eram eles os únicos a festejar a chegada dos noivos. Não tardou para que Väinämöinen se juntasse a eles. Era sua tarefa sagrada cantar tão festiva ocasião. Mesmo as crianças da Lapônia, calçadas de feno e alimentando-se de migalhas cantavam — como haveria ele de deter a música?

Os antigos sempre louvavam primeiro o senhor da casa. E foi assim que ele iniciou, com aquele que construíra a casa, acordando antes do Sol raiar, desafiando o frio e o vento. Seguiu então para a senhora, tão talentosa, que com seus dedos ágeis havia feito o delicioso pão de cevada que agora degustavam.

Continuou com o padrinho, elogiando seu porte e suas vestes. Como não poderia deixar de ser, cantou em seguida os noivos, narrando as peripécias que culminaram no pedido de casamento. Terminou exaltando a multidão que os recebia, vestidos com suas melhores roupas, trazendo moedas de prata e ouro.

Finalizada a canção, subiu novamente em seu trenó, mas não foi para casa. Não havia, naquela magnífica multidão, ninguém que se atrevesse a ir a Tuonela, nem entre os mais jovens, nem tampouco entre os mais velhos. Seguiu, então, para o submundo de Manala uma vez mais.

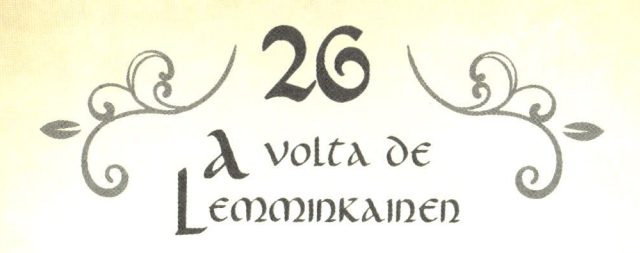

# 26
## A volta de Lemminkainen

Lemminkainen havia retornado à sua ilha, com grandes campos para lavrar e sulcar. De volta à vida, não se esquivava do trabalho. Um pensamento, no entanto, lhe roubava a concentração: haveria em breve um casamento em Pohjola!

Tentou permanecer com o arado em mãos, mas eventualmente desistiu. Retornou às pressas para casa, encontrou sua mãe e pediu-lhe que providenciasse comida e a sauna, para que em breve estivesse pronto e alimentado.

Quando se aprontou a mãe quis saber para onde iria, se pretendia calçar os esquis e caçar um alce. Não era isso, no entanto, que o leviano mago tinha em mente. Sua mãe e sua esposa ambas se opuseram à sua ida para a festança.

Afirmou sua mãe que contava as ruínas que o guerreiro deixava em seu encalço, a cada desejo que perseguia. Nesta viagem, advertiu a nobre e sábia mãe, a primeira ruína seria encontrada após um único dia de viagem, quando encontraria um rio de fogo flamejando em seu caminho. No topo, avistaria a águia de fogo, que não o deixaria passar.

A segunda ruína chegaria com mais um dia de viagem, na forma de uma fossa de fogo, repleta de incandescentes pedregulhos. Milhares por lá haviam perecido juntamente com seus valorosos corcéis.

Mais um dia de viagem seria necessário para que ele encontrasse a terceira ruína. Naquele momento, um lobo o atacaria e um urso o perseguiria para além dos portões de Pohjola, com a força das centenas de vítimas que já teriam sido por eles devoradas.

Se pelas três ameaças o mago passasse, chegaria a Pohjola e a seus portões de ferro, que vão do chão até o céu,

entremeados por cobras venenosas e lagartos sibilantes. Reinando sobre eles, uma imensa víbora seria sua desgraça.

Nenhuma das ameaças ressoou em Lemminkainen. Para ele, aquelas seriam ruínas para uma criança, e não para um homem feito e valente. Não lhe parecia provável que terminasse seus dias como comida de serpente.

Os alertas da mãe passaram, então, para os homens de Pohjola, com suas espadas e línguas afiadas, que tantos já haviam cantado, tantas batalhas vencido. Regados a bebida e treinados naquele terreno hostil, eram mais tenebrosos do que qualquer adversário que o leviano mago já tivesse encontrado.

Mas Lemminkainen continuava firme na crença que venceria qualquer batalha, ou até mesmo guerras de sete verões. Mandou buscar sua armadura de guerra e a espada de seu pai. Ao servo, por ele comprado, ordenou que preparasse seu cavalo de guerra e o ornasse com tecidos rubros para que o corcel com ele seguisse para a batalha.

Já no portão, vendo o filho seguir perigoso caminho, a mãe lhe deu um último conselho: que na festança bebesse somente meia caneca, que deixasse para outro metade de sua taça. Ao assentar-se deveria, ainda, ocupar somente meio banco, de forma a gerar mais espaço. Mostraria assim que era um rapaz ordeiro e respeitado.

Logo partiu Lemminkainen, rumo às temíveis terras do Norte. Ainda no início da viagem, viu um

bando de aves que alçaram voo, deixando penas para trás. Recolheu-as e guardou-as em segurança. Em uma emergência, toda ajuda faz a diferença.

Não tardou para que a primeira ruína anunciada pela mãe cruzasse seu caminho. O rio de fogo havia engolido a estrada e no alto da cachoeira flamejante encontrava-se um grifo. O nobre animal quis saber quem desejava atravessá-lo e para onde iria. O jovem mago respondeu tais perguntas, de forma que o grifo disse que o deixaria passar se o guerreiro lhe saciasse a fome.

Lemminkainen pegou as penas que havia guardado e delas criou uma revoada de pássaros, que voaram diretamente para a boca da besta. Com a fome saciada, o jovem mago pôde passar.

Mais um dia de viagem se passou até que encontrasse a segunda ruína. Para superar a fossa de fogo Lemminkainen pediu ajuda a Ukko, que trouxe imensas e cinzentas nuvens do firmamento para ajudar o jovem. Montanhas de gelo caíram do céu, silenciando o fogo e permitindo sua passagem.

Seguiu viagem, sempre em frente e sempre ao Norte, tão rápido que o corcel chegava a voar. Sua parada, no entanto, foi súbita. Havia no caminho um enorme lobo junto aos portões de Pohjola. Foi neste momento que o guerreiro tirou de sua bolsa um punhado de lã. Esfregou-as tal como havia feito com as penas, mas desta feita surgiu todo um rebanho de ovelhas, correndo rumo ao sul.

O lobo as perseguiu, deixando o caminho aberto. No entanto, muitas outras feras permaneciam, rastejando entre as estacas de ferro. Com a espada de seu pai rompeu as estacas, que não resistiram à nobreza da lâmina e à potência de seu golpe.

Frente a frente com a imensa víbora de Pohjola, tentou primeiramente encantá-la, amansá-la com poderosos encantos, mas não havia canção em seu conhecimento que pudesse deter a criatura. Decidiu, dessa forma, fazê-la sofrer por sua afronta. Amaldiçoou toda a maldade que a havia criado, toda a podridão de Tuonela que havia gerado tão vil criatura. Continuou sem perdão até que a víbora se contorcesse sob o efeito de sua própria natureza. Fugiu a desgraçada, deixando o viajante livre para seguir sua viagem até o banquete de casamento.

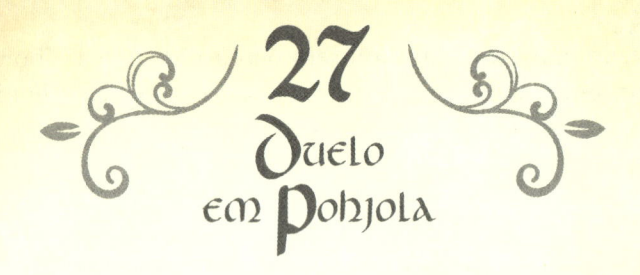

# 27
# Duelo em Pohjola

Há muito se cantavam as aventuras de Lemminkainen. Por muitas línguas já foram narradas suas peripécias na Terra do Norte, seu ingresso sem convite às bodas reais. Em nenhuma das versões o jovem mago entrou no palácio furtivamente. Em todas elas, bradou uma saudação ao senhor de Pohjola e exigiu que fosse, por sua vez, saudado pelo governante.

O senhor se encontrava na cabeceira da mesa e não se opôs à estadia do guerreiro e de seu corcel, contanto que se comportasse bem. Lemminkainen não ficou satisfeito com a oferta. Sentiu-se traído por ter sido recebido à porta, tal como o senhor tantas vezes havia feito com seu pai.

Sentou-se à mesa e prosseguiu em suas provocações. Como poderia ele se sentir bem-vindo se ninguém lhe trazia uma farta caneca de cerveja?

A filha do senhor não tardou em explicar que a cerveja ainda era cevada, e o pão ainda era massa a ser sovada. Para ter a recepção que esperava, deveria ter vindo uma noite antes, ou uma depois.

Foi então que o jovem mago declarou o motivo de sua insatisfação: para a festança tinham sido convidados nobres e plebeus, nativos e estrangeiros, magos e patifes. Somente ele havia ficado de fora da celebração!

Ao ouvir os brados do guerreiro, Louhi, senhora do Norte, surgiu para remediar a situação. Ordenou que as servas buscassem uma caneca de cerveja e que colocassem um guisado no fogo.

A senhora de Pohjola não estava, no entanto, fazendo as vontades do leviano rapaz. Quando Lemminkainen pegou a caneca de cerveja, viu que vermes e víboras nadavam no fundo do copo!

O mago não estremeceu nem mudou sua disposição. Tirou do bolso um anzol, com o qual pescou todas as centenas de criaturas vis que a senhora tinha trazido para sua bebida.

Continuou ele a reclamar da demora na comida e a afirmar a plenos pulmões que "visita é boa quando há convite, sem convite é ainda melhor!". Neste momento o senhor de Pohjola se viu perdendo a calma e gritando: "Se tens tanta sede, há sempre um riacho onde água buscar!"

Lemminkainen, como não poderia deixar de ser, jamais aceitaria tamanha indignidade. Pôs-se a cantar a invocação de um grande touro, que foi ao rio aplacar sua sede. Um altivo guerreiro do Norte cantou um lobo para que atacasse seu touro.

Foi então que Lemminkainen tomou nova direção e cantou uma lebre para desorientar o lobo. Sem perder tempo, o guerreiro do Norte cantou um imenso cão para matar a lebre.

Apostando ainda mais nas diminutas distrações, Lemminkainen cantou um esquilo, o qual o cão prontamente perseguiu sem sucesso. Adotando a mesma estratégia, o homem do Norte cantou uma marta, que pegou o esquilo, mas que foi, em seguida, pega pela raposa cantada pelo leviano estrangeiro.

Ao se ver frente a frente com a raposa, o senhor de Pohjola amaldiçoou o rapaz, declarou-o não mais amigo daquela casa e ordenou que retornasse de imediato para sua terra.

Quando Lemminkainen demonstrou que não tomaria seu rumo, o senhor sacou sua espada, buscando meios mais drásticos de expulsá-lo do castelo onde o mago jamais deveria ter entrado.

O leviano guerreiro não tardou a repetir o gesto. Puseram-se a se avaliar os movimentos e armas do oponente. A espada do senhor de Pohjola era mais longa, de forma que Lemminkainen acreditava que ele deveria ser o primeiro a atacar. Investiu o sábio senhor, mas não atingiu seu alvo na nuca do adversário. Ao contrário, partiu a viga que atrás dele se encontrava.

Lutando duas batalhas, Lemminkainen perguntou-lhe o que a viga havia lhe feito para merecer tal golpe. Com o teto estremecendo, saíram para o quintal, buscando um ambiente mais natural na neve.

Por três vezes mais investiu o senhor do Norte, mas sequer triscou a pele do leviano mago. Era chegada a vez de Lemminkainen. Com o primeiro golpe deixou o pescoço do senhor escarlate como a aurora. Com o segundo, separou sua cabeça do corpo. Na única estaca vazia que cercava a casa pôs o crânio do antigo governante.

Voltou em seguida para a casa, exigindo água para que lavasse suas mãos. Furiosa, a senhora do Norte cantou uma centena de espadachins, cem homens determinados com suas espadas.

Só assim Lemminkainen deixou o banquete, a casa e a terra, para os quais não fora convidado.

# 28
## a Fuga de Pohjola

Depois da leviana e violenta ação, nada mais restava a Lemminkainen senão fugir. Seu primeiro impulso foi correr, mas os guerreiros de Pohjola eram fortes e resistentes ao frio, então decidiu voltar à casa e buscar seu garanhão. Procurou-o por todos os lados, mas, para seu desespero, não o encontrou.

Sozinho entre as chaminés fumegantes e os olhares curiosos, decidiu que sua melhor chance de sobrevivência seria disfarçar-se. Mais uma vez pediu ajuda a Ukko, sábio homem dos céus, guardador das trovoadas. Ao governante do éter suplicou que o envolvesse em névoa, de forma que ele conseguisse escapar da Terra do Norte e encontrar seu caminho de volta para sua mãe.

Com a ajuda de Ukko, Lemminkainen novamente escapou da morte certa. Fez todo seu caminho de volta à casa e finalmente reencontrou a mãe. Seu regresso, no entanto, não trouxe a glória que o guerreiro antecipava.

Ao ver o mau humor do filho, a senhora da casa sua mãe quis saber o que lhe havia acontecido: teriam os homens de Pohjola recusado brindar com seu filho? Haviam eles derrotado seu filho com seus corcéis? Teriam suas damas ultrajado o belo e leviano guerreiro?

O filho negou todas as suas suspeitas, mas não contou a história como havia, de fato, acontecido. Pediu-lhe somente que arrumasse provisões, pois era chegada a hora de o filho deixar aquela nobre residência. Homens aguçavam suas lanças e afiavam suas espadas contra ele.

Ao declarar tal ameaça, o jovem mago não teve escolha senão narrar o assassinato do Senhor do Norte, por ele cometido. A mãe reagiu lembrando-lhe de todos os seus avisos e conselhos para que não fosse ao Norte. O que haveria ele de fazer agora? Onde iria se esconder? Não havia em sua terra, lugar algum para fugir. A ruína o encontraria nas clareiras e nos montes de pinheiros, na costa ou mesmo ao mar.

Mas sua sábia mãe conhecia um local para onde Lemminkainen poderia se proteger da fúria dos guerreiros do Norte. Antes de anunciá-lo, no entanto, fez o filho jurar que em paz permaneceria por seis, ou mesmo dez verões. Não deveria ele partir para a guerra, ou em busca de riqueza e glória.

Quando o filho concedeu, sua mãe o aconselhou desta forma:

> "Pega o barco de teu pai
> E por nove mares navega.
> Na metade do décimo
> Verás uma ilha em alto mar.
> Por lá teu pai se escondeu
> Das turbulências da guerra.
> Nesta ilha deves te esconder
> Por um ano, e então dois
> No terceiro ano deves retornar
> Para tua casa e tua família."

# 29
## A Ilha das Damas

Lemminkainen juntou suas provisões de manteiga e defumados, garantindo seu alimento no exílio, e partiu na rota indicada por sua mãe. Para trás deixava terras para que os vermes comessem, bosques para os alces dormirem, campos para que as renas pastassem e clareiras para os gansos fazerem ninhos.

Despediu-se de sua sábia mãe e içou as velas do barco de seu pai. Pediu que os ventos levassem a nave de pinho e eles atenderam ao seu comando, balançando a nau pelas vagas por longos meses.

Ao final do terceiro mês uma ilha avistou, com muitas damas assentadas na costa. Uma esperava por seu irmão, uma segunda por seu pai, uma terceira aguardava seu noivo. Ao avistarem a embarcação, logo anteciparam histórias de terras distantes, contos de guerra ou paz.

Lemminkainen aproximou seu barco da ilha e para as damas perguntou se lá haveria um lugar onde esconder um jovem que errou em batalha. As jovens responderam que por lá havia muitos esconderijos e também boas casas onde ele poderia encontrar refúgio.

Não satisfeito com a oferta, quis saber se havia espaço para cultivar seus grãos, bem como locais onde poderia cantar as canções que trazia no coração e na língua. Quando soube que havia ali onde dançar e cantar, pôs-se a dar vida às suas mágicas canções.

Cantou ouro pelo canto dos pássaros, cantou pérolas na areia da praia. Por sua melodia, as plantas ficaram mais verdes, e as flores ganharam um brilho dourado. Cantou um poço com tampa de ouro e um charco para os animais do bosque.

As damas ficaram encantadas com o poderoso guerreiro, que seguiu seu rumo para a nova casa, no topo da mais imponente montanha. Mal havia chegado, cantou comida e bebida, assim como finas canecas e talheres de prata.

Uma vez saciadas sua fome e sede, saiu ele para cantar e dançar com as belas damas da ilha. Assim viveu por três anos, se divertindo com as muitas mulheres do paradisíaco destino. Uma centena de donzelas, cem viúvas encantadas, todas elas o jovem mago cantou e fascinou.

Somente uma ele não havia notado. Somente para ela, seus desejos não se fizeram apresentar. Insatisfeita, rogou--lhe uma praga, que na viagem de volta, uma rocha encontraria seu barco.

Foi então que em uma madrugada resolveu atender aos desejos da mulher injustiçada. Partiu antes do nascer do Sol, mas não a encontrou por parte alguma. Seguiu para a praia para navegar em torno da ilha, mas sua embarcação havia sido reduzida a cinzas.

Teve que recolher madeira e utilizar todos os seus talentos mágicos para construir uma nova embarcação. Quando pronta, lançou-a à água, pois muitas saudades sentia de sua terra, sua família e sua gente.

O jovem mago lamentou a partida tanto quanto as inconsoláveis damas que derramaram seu pranto na costa da ilha, mas sentiu que era hora de partir. No mar aberto navegou por um dia, e então dois. No terceiro dia uma tempestade fez seu barco virar.

Lemminkainen nadou com todas as suas forças até que avistou terra firme. Perto da costa, o leviano guerreiro avistou uma pequena casa, onde morava uma graciosa senhora. Ele se dirigiu à entrada, explicou que havia nadado por dias para chegar até ali, pedindo então uma fatia de carne e uma caneca de cerveja.

Além da comida e da bebida, a senhora lhe ofertou um novo barco, para que concluísse sua jornada de volta à sua casa. Foi assim que o mago finalmente concluiu sua viagem de volta a terras tão familiares, em que cada som, cada perfume e paisagem lhe traziam à mente memórias de infância.

Mas sua felicidade pouco durou: de sua vila e sua casa sobravam agora somente cinzas!

Não chorou por sua casa, nem pelo estábulo ou pelos jardins. Seu coração estava apertado pelo destino de sua mãe. Sem ninguém para informar-lhe do acontecido, buscou pelos pássaros até que finalmente uma águia lhe contou do terrível destino de sua mãe, morta pelo fio de uma espada.

Desesperado pela descoberta de que sua busca por vingança havia custado a vida de sua mãe, pôs-se a caminhar sem rumo pelos bosques de sua terra. Por lá que avistou uma pequena trilha, com delicados passos levando a uma velha sauna. Na humilde construção encontrou sua velha mãe. Ainda viva, porém fugitiva.

Chorou novamente e descobriu a verdade. Todo o Norte havia se erguido em guerra contra ele, o leviano mago que, sem sequer ser convidado, havia decapitado o senhor de Pohjola.

# 30
## Lemminkainen e Tiera

Ao perceber o que havia acontecido a suas terras e à sua casa, Lemminkainen fez seu caminho de volta à costa. Construiu mais uma embarcação, pois não havia mais para onde fugir, nem onde ou por que se esconder.

O mago havia jurado que não iria à guerra por oito ou dez verões, mas ninguém haveria de discordar que, naquele caso, a guerra tinha vindo a ele. Ninguém, salvo sua mãe, que mais uma vez o advertiu sobre o triste destino que o encontraria se ele retornasse a Pohjola.

O plano do leviano guerreiro desta feita incluía levar outro homem para que empunhasse a espada a seu lado. Seu escolhido foi seu velho amigo Tiera. Logo que o guerreiro abriu a porta de sua casa, Lemminkainen pôs-se a rememorar:

> "Tiera, velho companheiro!
> Lembras dos dias passados
> Da vida que levávamos,
> De nossas grandes batalhas?
> Não havia uma única aldeia
> Que não tivesse dez casas
> Ou uma única casa
> Que tivesse dez homens
> Nenhum homem havia
> Que não tombássemos
> Em grande batalha!"

Na casa de Tiera seu pai estava à janela, talhando uma haste de flecha. Sua mãe estava a bater manteiga no alpendre. Seus irmãos construíam um trenó e as irmãs estavam debruçadas sobre a roca de fiar. Todos eles concordavam que Tiera não tinha mais tempo para batalhas.

O jovem tinha agora um contrato vitalício de trabalho e estava noivo de uma bela virgem. Mas Tiera tudo ouvia e lentamente voltou para a sala, pegou os sapatos perto da lareira, vestiu as roupas de inverno, pegou sua lança e a colocou junto às armas de seu velho amigo, pronto para acompanhá-lo em batalha.

O trenó com os jovens e impetuosos guerreiros saiu serpenteando pela clareira, e logo chegaram à costa. O caminho pelo mar, no entanto, seria dificultado pela Senhora de Pohjola.

Louhi havia mandado que Gelo, seu filho adotivo, congelasse o barco de Lemminkainen, para que o mago não escapasse. Obediente, Gelo lançou seu poder pelas matas e pela terra, congelou charcos e baías, mas as ondas continuavam a bater no mar. Mas ele não desistiu e lançou todas as suas forças contra o barco do jovem mago, até que a nau se congelasse por completo.

Pretendia continuar sua façanha e congelar o guerreiro por inteiro, mas a magia do petulante mago era por demais forte. Aprisionou com suas mãos o filho do vento do Norte, que havia crescido e ganhado maus modos, ficando sobremaneira agressivo.

Lemminkainen contra-atacou, banindo Gelo para as florestas de Pohjola. Gelo implorou por sua vida e teve de jurar que jamais atacaria o nobre guerreiro novamente.

Sem ter como navegar, o mago e seu amigo desceram da embarcação danificada e deslizaram pelo gelo que tentara aprisioná-los.

Encontraram uma casa onde pediram abrigo e suprimentos. Seus moradores logo reconheceram as intenções dos jovens guerreiros e anteciparam toda a morte e destruição que eles trariam em batalha.

Lemminkainen concordou com o triste destino das mães que viriam a perder seus filhos e lembrou-se de tempos melhores, em que andavam entre as flores, sem pressentir aquela era de maldade.

Clamou ajuda a Ukko para que não viesse a morrer tão jovem e pôs-se novamente a trabalhar. Da ansiedade fez armas, da tristeza, cavalos. Dos dias tristes fez trenós e das traições moldou selas.

Na última sela, colocada no dorso do mais belo corcel, colocou seu amigo Tiera, para que cavalgasse de volta à sua casa, fugindo do horror da guerra, de volta para o amor e cuidado de sua mãe.

# Terceiro Ciclo

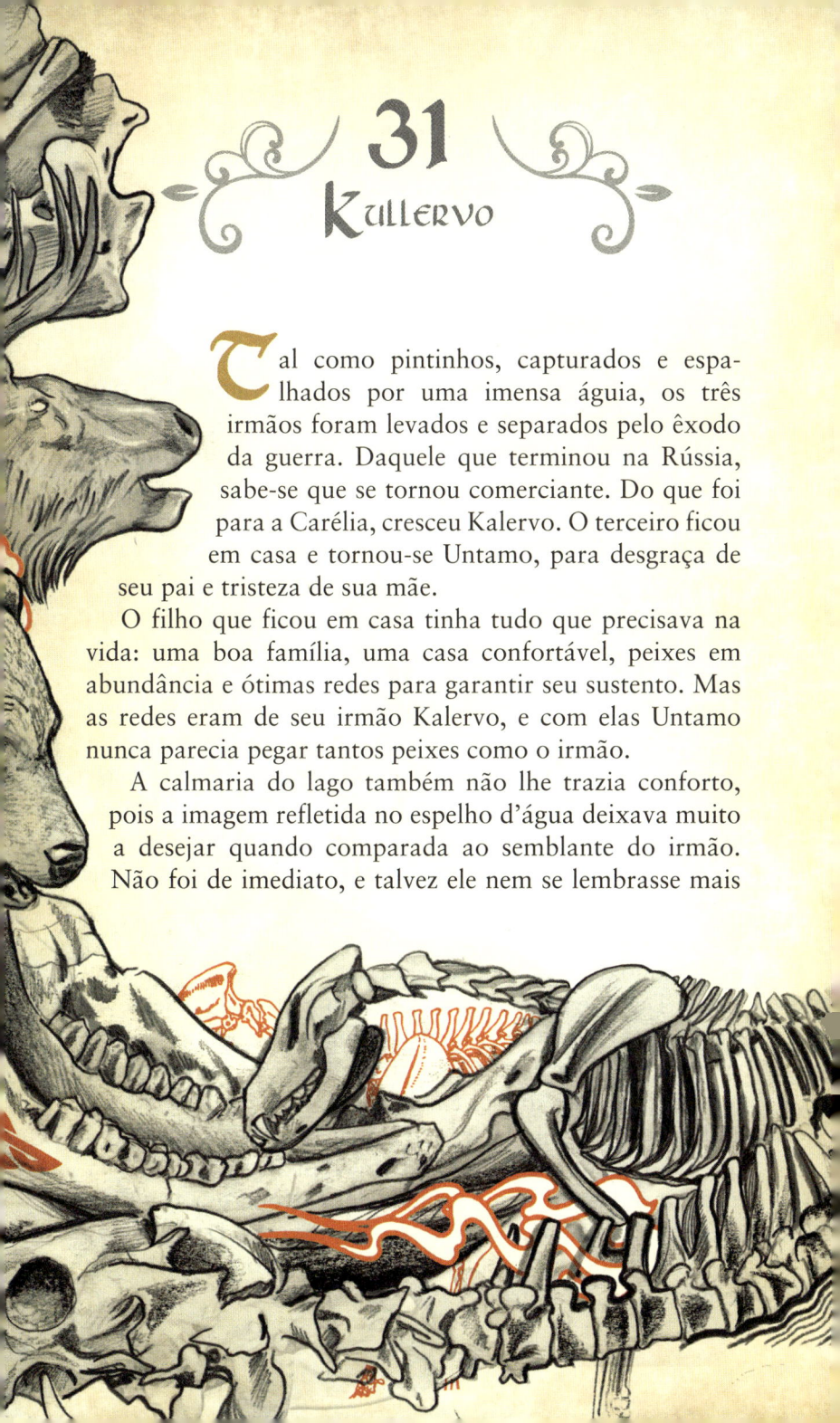

# 31

## Kullervo

Tal como pintinhos, capturados e espalhados por uma imensa águia, os três irmãos foram levados e separados pelo êxodo da guerra. Daquele que terminou na Rússia, sabe-se que se tornou comerciante. Do que foi para a Carélia, cresceu Kalervo. O terceiro ficou em casa e tornou-se Untamo, para desgraça de seu pai e tristeza de sua mãe.

O filho que ficou em casa tinha tudo que precisava na vida: uma boa família, uma casa confortável, peixes em abundância e ótimas redes para garantir seu sustento. Mas as redes eram de seu irmão Kalervo, e com elas Untamo nunca parecia pegar tantos peixes como o irmão.

A calmaria do lago também não lhe trazia conforto, pois a imagem refletida no espelho d'água deixava muito a desejar quando comparada ao semblante do irmão. Não foi de imediato, e talvez ele nem se lembrasse mais do momento em que tomou tal decisão, mas um dia Untamo resolveu eliminar o espelho e matar Kalervo.

Partiu acompanhado de homens de vontade frágil e de algumas mulheres armadas com ancinhos e partiu para a guerra contra o próprio irmão. Os dois clãs se enfrentaram em batalha por três dias, até que todos os homens do clã de Kalervo estivessem mortos.

Somente a esposa de Kalervo sobreviveu ao massacre. No ventre, ela trazia outra vida, que chamaria Kullervo. Sobreviveram, mas não escaparam. Os homens de Untamo logo os capturaram. Impressionados com o tamanho e a força do recém-nascido, levaram-no para seu clã, de forma que se tornasse o mais fabuloso servo do clã vitorioso.

De fato, Kullervo cresceu rápido e maciçamente. Cada um de seus pensamentos voltados para se tornar o mais forte possível, para vingar seus pais e seu clã. Não tardou para que a criança tornasse seus planos claros, o que trouxe pânico para o clã de Untamo.

Tramaram diversas formas para causar a morte da criança, mas não conseguiam trazer-lhe a ruína, mesmo com acidentes provocados ou tarefas sobre-humanas. O menino sobreviveu a três dias em um barril no rio e à fogueira do maior pinheiro da vila. Sua vida perdurou mesmo quando amarrado à árvore mais alta. Quando foram conferir seu destino, viram que ele estava a decorar a árvore com desenhos de batalhas, feitos com as próprias unhas.

Untamo desistiu, então, de tramar contra a vida do rapazinho. Deu-lhe uma posição de servo e disse-lhe que deveria sempre trabalhar bem. Mas a força do menino era um empecilho. Com dois dias de trabalho já havia quebrado móveis e rasgado roupas em demasia.

Por isso, decidiu o chefe do clã que seria mais adequado que sua função fosse abrir clareiras. Foi ao ferreiro da vila e encomendou-lhe um machado. Com a poderosa arma, no primeiro dia já havia derrubado oito árvores. Derrubou-as com furor, de forma que o som das árvores tombando se misturou a seus gritos.

Temendo que a floresta fosse exterminada em semanas, Untamo mudou novamente as funções de Kullervo. Desta feita, ele deveria fazer uma grande cerca. Como sempre, o rapaz se pôs a trabalhar, mas para desespero do chefe do clã, a barreira que ele construiu não tinha portas e se estendia do chão até as nuvens.

Mais uma vez seu trabalho se alterou, para que fosse debulhar cereais. E mais uma vez o desastre o seguiu: debulhou além da conta — o centeio precisa da casca —, e a farinha de nada lhes serviria.

Percebendo que não haveria trabalho algum que o rapaz poderia executar em seu clã, decidiu levá-lo à Kalevala e vendê-lo a Ilmarinen, habilidoso artesão, ferreiro mágico que havia forjado o poderoso sampo.

# 32
## Kullervo Pastor

Kullervo, filho de Kalervo, cresceu forte e belo, com os cabelos loiros caindo sobre os olhos enquanto realizava todo tipo de trabalho pesado. Tinha sido ele vendido como servo para a família de Ilmarinen, o ferreiro mágico.

A esposa do ferreiro, crescida nas terras do Norte, pelo rapaz não tinha nenhuma cortesia. Não demonstrava bondade nem para com os servos, tampouco para com os parentes. Nas funções de cozinha, que odiava realizar, decidiu incrementar a massa do pão com uma pedra bem escolhida. Devidamente assado, levou a ração ao servo e ordenou-lhe que não comesse até que tivesse levado o gado para o bosque.

Dirigiu-se em seguida para o pasto, onde encantou os animais para que buscassem refúgio nas profundezas da floresta. Pediu a Ukko que cuidasse dos animais, para que os salgueiros fossem seus pastores e que toda a natureza lhes protegesse do mal e de acidentes:

"Mando agora majestosas criaturas
Para encontrar abrigo em suas florestas

Guarda-as, ó deus criador
Mantém-nas longe do perigo
E protege-as de todo mal.

Faz do salgueiro um pastor
Do pinheiro um tratador
Sem a senhora chamar
Quem ninguém se preocupar.

Manda tuas favoritas filhas da natureza
Para guardar meus animais.
Suvetar, honrosa mulher
Etelatar, honorável anciã
Hongatar, com sua nobreza
Katajatar, bela virgem
Pihlajatar, doce donzela
Tuonetar, filha de Tapio
Miellikki, noiva do bosque
Tellervo, caçula de Tapio;
Olha meu gado durante todo o verão!"

A bela, talentosa e malvada dama, pois, não buscou a ajuda de Ukko e das filhas da Natureza somente para proteger seus animais: pediu também que os guerreiros da floresta escondessem seus cães selvagens e suas armadilhas. Queria que as bestas dignas de Tuonela estivessem à espreita para cercar o rapaz, seu inadvertido pastor.

# 33
## A VINGANÇA DE KULLERVO

Kullervo começou seu caminho pela floresta maldizendo seu destino. Sentou-se em uma rocha e contou ao Sol seus infortúnios. Narrou como era maltratado pela sua senhora, que comia pastéis de carne com manteiga, enquanto para ele só restavam pães de aveia e areia, como bebia água recolhida em casca de bétula.

Cansado e com fome, lembrou-se da porção enviada pela senhora de Ilmarinen. Já sabendo o quão duras eram suas receitas, tirou do cinto a faca que tinha sido de seu irmão. Quando o presente de família atingiu a pedra disfarçada de pão a lâmina se quebrou.

O rapaz desfez-se em lágrimas. Quando elas secaram, restou-lhe somente a raiva. Invocou toda sorte de animais selvagens. Ordenou que metade do rebanho virasse almoço para os lobos e a outra metade para os ursos. Quando terminaram seu banquete, enviou as feras para o quintal da casa de seus senhores.

Chegou sorrateiro, tocando a trombeta de chifre, para alívio de sua senhora. Anunciava assim que o gado havia retornado, para dar leite para manteiga e carne em fartura. Parou o servo na soleira da porta, confirmando seu trabalho como pastor. A senhora da casa deu ordens para que a velha serva fosse ordenhar as vacas, mas Kullervo lembrou-a que grandes esposas sempre fazem as próprias ordenhas, de forma que a vil senhora seguiu para o curral.

Mal tinha começado a ordenha, o rapaz lançou as bestas sobre ela. Primeiro um lobo, depois um segundo, até que um urso se juntou a eles. Vendo seu destino iminente, a dama clamou pelo pastor. Kullervo contou-lhe da faca de seu irmão, destruída pela maldade da senhora.

Ela então prometeu tranquilidade e riqueza ao desafortunado rapaz. Jurou que lhe faria camisas de linho e que lhe daria manteiga e pãezinhos em suas refeições. Mas o rapaz não seria tão facilmente comprado.

Desesperada, a senhora de Ilmarinen clamou a Ukko que derrubasse o rapaz com uma única flecha vinda dos céus. Kullervo também fez a sua prece ao criador, que a dama caísse morta em nome da justiça.

E assim foi que a sua senhora deu seu último suspiro. Aquela que por três anos havia sido cortejada não mais viveria ou faria maldades na nobre casa de Ilmarinen, o poderoso ferreiro mágico.

# 34
## A FAMÍLIA DE KULLERVO

Uma vez concretizada a vingança, Kullervo não teve escolha senão fugir. Não escapou com o coração pesado, ou mesmo com passos ligeiros. Sumiu da casa de seus senhores a cantar pela liberdade que o esperava.

Já Ilmarinen não compartilharia esse sentimento. No fim da tarde retornou à morada e percebeu que sua esposa não estava mais naquele mundo. Chorou por toda uma noite, e por uma semana mais.

Ao longo daqueles sete dias, a euforia de Kullervo também se desfez. Não tinha ele lugar nenhum para onde fugir, família alguma para lhe proteger. Pôs-se ele a pensar quem haveria de tê-lo posto no mundo, para vaguear sozinho e amaldiçoado.

Seu rumo acabou apontando novamente para a vingança: ele iria finalmente derrotar o clã de Untamo, que havia trazido ruína e morte para sua família. Somente assim acreditava que poderia desfazer os erros que haviam causado seu abandono e profunda tristeza.

Em seu caminho, cruzou com uma velha senhora, coberta com seu manto azul. Ela perguntou aonde iria o rapaz, e ele lhe respondeu que iria derrotar o clã de seu tio que havia destruído sua família. Foi então que a velha retrucou:

"Mas não foi teu clã morto
Pois Kalervo ainda não tombou.
Ainda tens pai e mãe viventes
Escondidos nas profundas florestas
Na fronteira com Pohjola."

Inebriado pelas notícias, Kullervo pediu que a anciã lhe indicasse como chegar até eles. Ela lhe orientou a caminhar ao noroeste, sempre pela margem do rio. Disse-lhe que caminhasse por um dia, e então dois. No terceiro dia alcançaria uma pequena vila, com uma imponente casa bem no centro.

Kullervo fez o caminho com passos rápidos e o coração aos pulos. Chegou no terceiro dia à casa anunciada, onde encontrou a senhora sua mãe. Aos prantos ela o recebeu, relembrando todas as lágrimas que já havia derramado pelos filhos perdidos. Tinha ela parido dois filhos e duas filhas. Lembrou-se dos dois filhos que pensou haver perdido na guerra, e da filha que nunca retornaria àquela casa.

A tristeza voltou a tomar conta do coração de Kullervo quando a mãe lhe contou sobre o desaparecimento da menina. A senhora havia procurado por ela em cada bosque e cada estrada, atrás de cada árvore e rocha até que a floresta lhe disse que o esforço seria em vão, pois naquela casa a mocinha jamais voltaria a morar.

# 35
## Kullervo e a Donzela

O desafortunado jovem havia encontrado sua casa, mas ainda não havia feito dela um lar. Tinha sido criado sem cuidados, sem abraços ou carinhos. Ao longo dos anos, sua força descomunal tinha sido sua única companheira, e agora ela lhe trazia mais problemas do que vantagens.

Seu remar quebrava os barcos, suas redes de pesca estavam sempre em frangalhos, seus profundos sulcos feriam a terra. Ansioso por ter alguma utilidade para sua recém-encontrada família, ele partiu para pagar os impostos, chacoalhando em seu trenó.

No caminho de volta, se viu cruzando as terras de Väinämöinen, com suas clareiras tão bem cortadas. Por lá esquiava uma bela dama, com seus cabelos loiros esvoaçando em meio à neve. Kullervo tentou convencê-la a subir em seu trenó, mas a moça não se encantou com o convite. O rapaz seguiu de volta para casa, trazendo a moça na memória.

Dias depois a viu novamente, caminhando perto da costa. Ele, a cavalo, reforçou o convite de tê-la como companhia, mas ela novamente amaldiçoou seu convite. E assim foi, por dias, semanas e meses, até que o rapaz resolveu mudar de estratégia.

Em uma tarde fria, enquanto a moça passeava pela costa, seguiu com seu trenó e raptou-a, deitando-a em seu trenó e cobrindo-a com colchas e peles. A moça protestou e ameaçou destruir cada tábua do trenó, mas o rapaz mais uma vez mudou sua inclinação.

Desta feita, mostrou suas finas roupas, seus baús de prata e reforçou suas intenções de tê-la como companhia.

A donzela estava agora mais propensa a ouvi-lo, de forma que os dois resolveram dedicar-se a se conhecerem melhor.

Por muitas vezes se encontraram, até que vieram a acreditar que já conheciam cada palmo e cada intenção de seus corpos e suas almas. Porém, após uma tarde de doçura, o rapaz se fez curioso das origens da moça, querendo saber como teria ela ido parar nas terras de Väinämöinen.

A moça recordou de seu triste passado, sobre quando fora buscar framboesas no bosque e se aventurou longe demais. Perdera-se de sua mãe, seu pai e seus irmãos, e nunca mais havia encontrado o caminho de casa, ou a companhia de seu clã Kalervo.

Ao sentir o choque de Kullervo, antecipou que a história havia lhe tirado o chão, mas nem em seus mais intensos pesadelos poderia ela ter experimentado um destino pior.

Descobrindo a verdade sobre sua origem, a moça saiu aos prantos pela clareira, correndo até o rio, mergulhando nas águas tortuosas e gélidas até que o redemoinho a engolisse, levando-a de uma só vez a Tuonela.

Desesperado, Kullervo subiu em seu trenó, cortou-lhe os freios e seguiu em velocidade pela estrada. Mas a morte mais uma vez o evadiu. Quando chegou à casa, pensamentos horríveis e desesperados ainda lhe faziam perguntar porque havia nascido, por qual motivo havia sido permitido a ele crescer e sobreviver.

Ao ver a mãe, imaginou por que ela não o havia deixado sozinho na sauna, com dois dias de vida, para que o fogo e o vapor o tivessem liberado desta vida. Contou-lhe toda a sua desolação e disse-lhe que não sabia como fazer para também ele fazer a travessia para Tuonela. Haveria lobo ou urso forte o suficiente para daquele mundo o levar?

A mãe lhe suplicou que não buscasse a morte, pois a família já tinha sofrido demasiado. Relembrou ao filho que a Kalevala era terra imensa, com muitos lugares onde buscar a solidão até que o tempo o perdoasse. Ele deveria se esconder por cinco, seis, ou até mesmo nove anos, até que seu coração se acalmasse.

Mas o rapaz tinha outros planos. Ele iria partir para a vingança que antes havia programado. Untamo havia criado toda aquela desgraça, com sua inveja infantil e fraqueza de resolução. Ele é quem deveria pagar pelos infortúnios de Kullervo e sua desgraçada família.

# 36
## A morte de Kullervo

Partiu Kullervo para a batalha, munido da convicção de sua luta. Sabia que suas chances eram ínfimas, mas não temia morrer pela espada de guerreiro algum. A guerra é uma doce doença, em especial para jovens rapazes com muito a ganhar e pouco a perder.

Foi uma última vez à sua casa e perguntou a seus familiares se haveriam de chorar a sua morte. Seu pai, irmão e irmã não derramariam lágrimas por ele. Somente a mãe por ele choraria, ainda que sozinha na sauna, para não atrapalhar ninguém.

Por muito tempo o desafortunado rapaz viajou. Por seu longo caminho, ouvia de quando em vez notícias de sua casa. Um a um, seus parentes haviam morrido, mas ele não retornou a seu clã. Untamo ainda não havia pagado por suas maldades, de forma que não havia como o trágico herói retornar à morada que mal conheceu.

Chegando finalmente a seu destino, a batalha foi rápida e sem clamor. Untamo e todos os seus homens tombaram frente a espada do poderoso e desafortunado rapaz. Mesmo com a vingança concretizada, seu caminho de volta foi ainda mais longo.

Ao chegar de volta à casa, confirmou todas as notícias: sua família não mais vivia e aquela casa nunca haveria de se tornar um lar.

Continuou caminhando até o lugar onde havia conhecido a moça que descobriu ser sua irmã. Por lá, até a vegetação chorava, tingindo a terra das tristezas acumuladas pelo desgraçado clã.

Pegou, então, sua fiel espada e perguntou-lhe se ela se alimentaria do sangue e carne de alguém tão culpado.

A magnífica arma lhe respondeu que até de inocentes já havia o sangue bebido, por que haveria de recusar-lhe?

Assim apontou a lâmina para o próprio peito e seguiu para Tuonela, encontrando seu fim.

Ao ouvir da morte de Kullervo, Väinämöinen ponderou: nunca deveria uma criança ser maltratada, trazida ao mundo para enfrentar dura realidade sem carinhos. Essas, em seu caminho só encontrariam desgraça e desconsolo, os quais multiplicariam para todos a seu redor.

# 37
## A noiva dourada

Ilmarinen, o fabuloso ferreiro mágico, estava a passar suas noites chorando e seus dias lamentando a perda da esposa, a bela que por três anos havia cortejado. Já havia passado um mês e ele não sentia nenhuma centelha de alegria, nem mesmo quando trabalhava em sua oficina.

Quando se iniciou o quarto mês de luto, o ferreiro recolheu todo o ouro da casa: moedas, pepitas e adornos de toda sorte. A prata foi recolhida logo depois, seguindo todos para a fornalha.

Do metal prateado almejava forjar uma nova noiva. Do ouro, criaria seu coração. Todos os criados se puseram a ajudar, suando e labutando junto à fornalha. Criaram primeiro uma ovelha, reluzente e prateada. Os servos mal se contiveram de entusiasmo, mas o ferreiro não se emocionou.

Derretendo novamente os nobres metais, em seguida criaram um magnífico corcel de prata com crina de ouro. Os servos mal se contiveram com a visão da criatura, mas seu senhor continuou a trabalhar.

Mais uma vez os metais voltam à fornalha. O ferreiro soprou uma vez, e então uma segunda e terceira vezes, até que do fogo surgiu uma moça de prata, com tranças de ouro!

Por todo o dia e toda a noite Ilmarinen trabalhou aperfeiçoando a mulher, mas seus delicados braços não o abraçavam e suas pequenas orelhas não ouviam. Sem saber como agir, seguiu para a sauna para descansar e recuperar as energias.

Levou-a então à sua casa, mas o metal gelado contra sua pele tornava impossível o contato. Decidiu, assim, levá-la para Väinämöinen, de forma que se tornasse sua eterna esposa. No entanto, o velho menestrel tinha outras ideias:

> "Ó ferreiro, meu irmãozinho!
> Devolve ao fogo essa moça
> Do metal faz belas ferramentas
>
> Ou leva-a para a Rússia
> Ou mesmo para a Alemanha
> Para que os ricos a cortejem
> Por ela rivalizem
>
> Não fica bem para mim
> Mulher de ouro cortejar."

Foi por isso que o honorável mago proibiu as novas gerações de se curvarem frente ao ouro. Não deveria a nova gente pela prata se sujeitar. Do metal só viria um frio que nunca aqueceria seus corações.

# 38
## Ilmarinen volta a Pohjola

Seguindo o conselho de Väinämöinen, o ferreiro Ilmarinen desistiu de sua adoração do ouro e da prata e decidiu viajar. Seu primeiro impulso foi exatamente retornar a Pohjola e buscar uma nova dama, dessa vez, feita de carne e osso.

Por três dias viajou a bordo de seu veloz trenó, e, assim que chegou às Terras do Norte, Louhi veio procurá-lo. A nobre senhora queria saber notícias de sua querida, que agora morava tão longe de casa.

Cabisbaixo, Ilmarinen lhe contou sobre a ruína da filha, narrando a súbita morte de sua filha mais velha. Pediu-lhe, então, sem tardar, que concedesse a mão de sua filha mais nova em casamento.

Sentindo-se desgraçada por ter concedido a mão de sua primogênita ao ferreiro mágico, jurou que jamais enviaria outra filha para ser sua noiva. Preferia ver sua pequena em Manala a saber que acompanharia Ilmarinen às suas terras.

A menina também se manifestou, dizendo que nunca partiria com o homem a quem culpava pela morte de sua irmã. Ela sabia que merecia um marido bem melhor, com o corpo mais belo, um trenó mais fino e olhar mais gentil.

Insultado e frustrado, Ilmarinen correu os dedos pela barba e tomou uma decisão tempestuosa: lançou as mãos sobre a moça e com ela correu para seu trenó. A menina ainda ameaçou destruir o trenó a pontapés se ele não a deixasse ir embora, mas ele era reforçado em madeira e metal, por demais forte.

A moça então lhe disse que, se não tivesse a liberdade, se lançaria ao rio. Ilmarinen, então, lhe assegurou que se transformaria em peixe e atrás dela nadaria. A ameaça de se transformar em doninha assim que chegassem ao bosque também não lhe libertaria, pois o ferreiro a seguiria, transformado em lontra. Pensou a moça em fugir na forma de cotovia, para viver entre nuvens, mas seu raptor a buscaria, dessa vez como águia.

No caminho de volta, a moça viu rastros de pegadas, traços deixados por lobos e lebres, e se sentiu ainda mais sozinha e desafortunada. O ferreiro mágico que a havia raptado chegou cansado e dormiu profundamente. Quando acordou não se sentiu melhor, pois sabia que não poderia cantar, forjar ou encantar um mundo em que sua nova noiva fosse feliz, tendo sido tirada de tal forma de sua casa e sua gente. Cantou-a, então, em gaivota, e ela desde então sobrevoa feliz a costa da Kalevala.

Ainda inconsolável, foi buscar seu irmão, o honorável menestrel Väinämöinen. O ancião quis saber como vivia hoje o povo das Terras do Norte. Ilmarinen lhe respondeu que viviam muito bem, com grande alegria e prosperidade. Tudo por causa do sampo, joia magnífica que ele havia criado em sua busca por companhia. Toda aquela riqueza e sorte, tidas por uma só terra, boa coisa não traria. Haveria de transbordar um dia.

# 39
## De volta a Pohjola

Os dois magos não tardaram a perceber que o sampo havia alterado o equilíbrio daquelas terras. A Terra do Norte tinha agora demasiada prosperidade, tranquilidade e sorte. Esse destino teria que ser mudado.

Tomaram para si a tarefa de seguir em missão para Pohjola. Väinämöinen estava decidido a reaver o sampo, mas Ilmarinen sabia que aquela não seria tarefa fácil. A joia mágica encontrava-se guardada em montanha de cobre, atrás de nove trancas. Três raízes fixaram sua fortaleza: uma na terra, uma na praia e a terceira às portas do palácio.

O ancestral menestrel queria seguir por mar, mas Ilmarinen sabia dos riscos trazidos pelo vento e pelo gelo. Optaram por seguir por terra, viagem mais trabalhosa, mas com maior chance de sucesso.

Antes de partirem, Väinämöinen encomendou do irmão novas espadas. O ferreiro mágico produziu as armas mais belas e poderosas que já havia feito, com guardas de ouro e gumes afiados. Com tais instrumentos eles sabiam que poderiam conquistar qualquer desafio, romper qualquer penhasco, e tombar todos os guerreiros que cruzassem seu caminho.

O próximo passo era encontrar os corcéis com que fariam a viagem por terra. Buscaram pelas matas as criaturas que seriam fortes e ágeis o suficiente para serem dignas de acompanhá-los em batalha. Procuraram com cuidado e afinco, mas a tarefa foi interrompida pelo som de um pranto.

Imaginaram primeiramente que fosse uma dama em apuros, de forma que foram por ela procurar. Encontraram em seu lugar um barco, que pranteava angustiado, pois ansiava por água. Sentia falta dos homens que cantam e exploram mar afora e, acima de tudo, se sentia angustiado por nunca ter ido a batalha. Muitas outras naus, mesmo as más, já haviam conhecido o clamor da guerra, mas nunca ele.

Não puderam os dois magos resistir a tal clamor. Deixaram os corcéis da areia e se puseram a inspecionar a embarcação. Era forte e espaçosa, construída com mais de cem tábuas de excelente madeira. Os remos aguardavam por quem a impulsionasse, de forma que Väinämöinen cantou remadores de todos os portes para ajudá-los na tarefa.

O ancestral menestrel logo os colocou para trabalhar, mas não importava a combinação que tentasse, o barco não se movia. Somente quando Ilmarinen assumiu os remos e Väinämöinen tomou o leme, a embarcação seguiu seu rumo.

Passaram pela costa até chegar à enseada em que vivia um leviano mago guerreiro. Lemminkainen tinha ouvidos aguçados, e olhos ainda melhores. Percebeu a chegada da nave desconhecida, vinda da Kalevala, e foi logo averiguar.

Nem bem havia chegado à praia, já reconheceu Väinämöinen ao leme, que lhe explicou que estavam a caminho de Pohjola para recuperar o sampo. Sem perder um segundo sequer, Lemminkainen se candidatou para acompanhá-los na nobre missão. Foi aceito na embarcação e ficou abismado com o que viu. Os irmãos haviam refeito a já majestosa nau, que agora contava com uma popa de ferro e uma proa de aço. Com isso, acreditavam ser invencíveis contra o vento do Norte e as vontades de sua senhora.

# 40
## O Lúcio e o Kantele

**A** nau seguiu em frente, impulsionada pela magia e a destreza de seus três tripulantes. O primeiro a cantar foi Väinämöinen, sempre ele ao mastro. Moças vinham de suas casas até a praia, só para tentar cruzar olhares com o dono de voz tão majestosa e autor de palavras tão poderosas.

Lemminkainen logo se juntou a ele, cantando a água em correntezas, ordenando que rochedos se abaixassem, e que as damas da água erguessem seus braços para suavizar a travessia da fabulosa embarcação.

A viagem percorreu sem problemas ou desafios até que vislumbraram o mar aberto. Foi justamente no momento em que os empecilhos visíveis foram superados que o barco parou de correr. Ilmarinen e Lemminkainen tentaram remar e com os remos buscaram libertar a nau, sem sucesso.

Coube a Lemminkainen averiguar o que havia encalhado a embarcação. O impetuoso mago descobriu que o barco estava repousando nos ombros de um lúcio, no dorso de uma besta do mar.

O jovem desembainhou sua espada, e Ilmarinen se juntou à briga. Porém, foi somente quando Väinämöinen se juntou a eles que a batalha contra o descomunal peixe foi vencida. O ancestral menestrel cravou sua espada na carne da besta, rasgando-lhe desde as guelras até o ventre. Quando terminou sua investida, a cabeça do monstro estava na proa da embarcação e sua cauda repousava no fundo do mar.

O barco estava livre novamente, e Väinämöinen o guiou para um ilhéu. Lá, convocou os jovens pescadores para cortar a besta e as virgens para cozinhá-la. A refeição estava garantida e do monstro só sobravam ossos e espinhas.

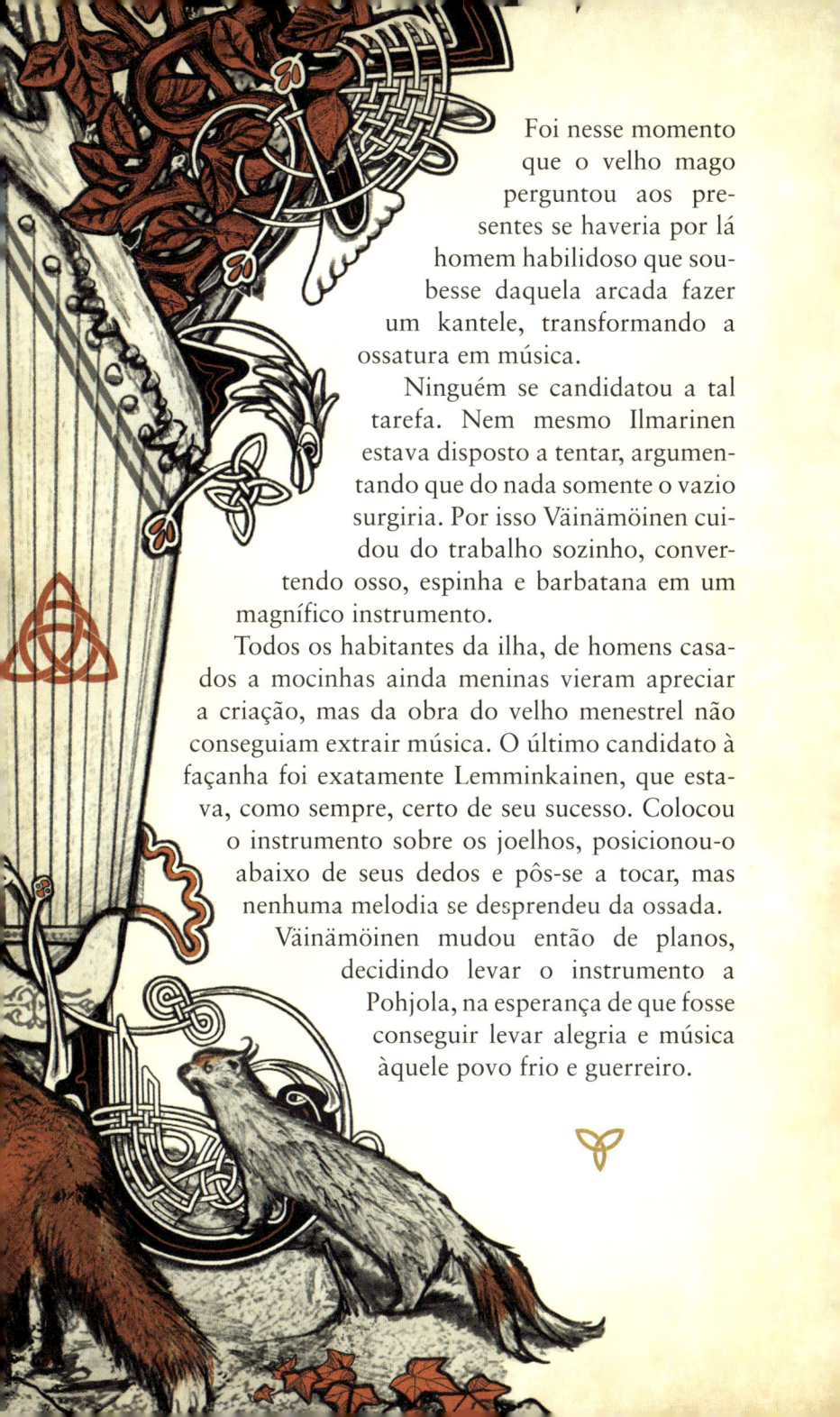

Foi nesse momento que o velho mago perguntou aos presentes se haveria por lá homem habilidoso que soubesse daquela arcada fazer um kantele, transformando a ossatura em música.

Ninguém se candidatou a tal tarefa. Nem mesmo Ilmarinen estava disposto a tentar, argumentando que do nada somente o vazio surgiria. Por isso Väinämöinen cuidou do trabalho sozinho, convertendo osso, espinha e barbatana em um magnífico instrumento.

Todos os habitantes da ilha, de homens casados a mocinhas ainda meninas vieram apreciar a criação, mas da obra do velho menestrel não conseguiam extrair música. O último candidato à façanha foi exatamente Lemminkainen, que estava, como sempre, certo de seu sucesso. Colocou o instrumento sobre os joelhos, posicionou-o abaixo de seus dedos e pôs-se a tocar, mas nenhuma melodia se desprendeu da ossada.

Väinämöinen mudou então de planos, decidindo levar o instrumento a Pohjola, na esperança de que fosse conseguir levar alegria e música àquele povo frio e guerreiro.

# 41

## o Kantele

Väinämöinen não se deu por vencido. Buscou um recanto confortável e repousou o kantele sobre os joelhos, dizendo assim:

> "Deixai que ouçam
> Quem nunca teve o prazer
> A alegria do bardo
> E a melodia do kantele."

O instrumento por ele criado atendeu a tão nobre pedido. Nenhuma criatura se movia na floresta enquanto os dedos fortes e ágeis do ancestral menestrel corriam pelas espinhas do monstro, transformadas em música. Logo a cerca estava cheia de doninhas e esquilos, prontos para ouvir a música de sua terra. O portão daquela fazenda não sobreviveu à atenção dos animais, tombando sob o impulso de lobos e ursos que queriam garantir seus lugares para a pequena sinfonia.

A dama do bosque saiu de sua caverna para ver qual o motivo da comoção. Ao ouvir os primeiros acordes do kantele, voltou à sua morada, vestiu suas meias azuis e rendas vermelhas e seguiu seus protegidos até a fazenda onde o menestrel extraía alegria do monstro que havia derrotado.

A melodia ressoou pelo canto dos pássaros, por todas as mil cotovias e centenas de águias que rodopiavam pelo ar, chegando às damas do éter e ao próprio Sol e à Lua. Ao ouvirem a magnífica canção, ambas perderam o fio com que teciam os arco-íris e as bordas douradas e prateadas que embelezavam as nuvens daquela terra.

Nas correntezas, os peixes fizeram fila, nadando ligeiros para chegarem perto do mago. Até Ahto, velho senhor das ondas, deslizou até a superfície para melhor ouvir a canção, juntando-se às irmãs das águas, que recolheram em respeito seus pentes de prata, os quais sempre corriam pelos longos cabelos.

Os homens e mulheres que circundavam o ancestral menestrel não conseguiram conter a emoção. Mesmo o experiente mago sentiu lágrimas rolarem pela face. De seu rosto chegaram ao peito, de seu tronco aos pés, de seus pés ao chão e do chão à água corrente.

Terminada a canção, Väinämöinen prometeu que quem buscasse suas lágrimas nas profundezas receberia um fabuloso casaco de presente. Nenhum homem ou animal se aventurou, ficando a façanha a cargo das irmãs d'água. Ao trazerem as lágrimas de volta à superfície, elas não eram mais gotinhas, e sim grandes pérolas azuis, que pertenceriam ao tesouro mais querido de qualquer rei.

# 42

## O ROUBO DO SAMPO

Os três magos seguiram a Pohjola, para enfrentar perigos nas terras em que homens eram devorados e onde guerreiros se perdiam nas espumas do mar. Dois deles iriam remar, mantendo Väinämöinen ao leme.

Ao chegarem ao temível destino, atracaram o barco e seguiram calmamente ao palácio da Senhora do Norte. No entanto, quando Louhi lhes perguntou quais notícias traziam, Väinämöinen não se furtou à verdade: disse-lhe que traziam novidades sobre o sampo, que deveria ser partilhado.

A senhora considerou absurda tal proposta. Não havia como repartir a joia, da mesma forma que não havia cabimento dividir um esquilo entre três homens. Decidido, o ancestral mago disse-lhe que, se não lhes fosse ofertada metade da magnífica joia, os três magos levariam todas as demais riquezas das Terras do Norte.

Foi neste momento que Louhi decidiu convocar cada um dos guerreiros de Pohjola para que atacassem Väinämöinen. O velho menestrel não sacou sua espada, pegou somente o kantele e se pôs a cantar. Todos os imensos e bravos guerreiros pararam para escutar a fabulosa melodia, que trazia sorrisos aos lábios das moças e lágrimas aos olhos dos homens.

Ao final da canção, estavam todos adormecidos, sonhando devaneios. Väinämöinen buscou, ainda, novos feitiços em sua bolsa para reforçar o sono musical dos habitantes da Terra do Norte. Ao trancar as pálpebras de toda aquela gente, os magos puderam continuar sua missão.

Partiram para a montanha de cobre. Com magia, desfizeram as combinações das nove trancas e com gordura, impediram que os portões rangessem. O velho menestrel comandava a missão e ordenou que Lemminkainen fosse o primeiro a entrar na montanha, que fosse ele a buscar o sampo.

O leviano amante, também chamado com muita propriedade de Mente Errante, invocou a ajuda de Ukko e na montanha de cobre adentrou. Viu o sampo e lançou os braços sobre ele, mas a joia não se mexeu. Tentou colocar força nas pernas, mas a riqueza permaneceu imóvel.

Percebendo que a aquela tarefa seria impossível para um único homem, ou mesmo para três magos, voltou à vila e buscou um boi de arado. Mente Errante arou as raízes do sampo e a joia começou enfim a se mover. Quando finalmente se soltou, colocou-a sobre a carroça e levou-a à embarcação.

De volta ao mar, Ilmarinen indagou para onde deveriam levar a joia, agora que havia sido resgatada daquela terra deplorável. Väinämöinen já havia planejado seu destino: o sampo deveria ser levado para a ilha das névoas, ao fim do cabo das brumas. Havia por lá um lugar que nunca havia sido perturbado por espadas.

Encantaram a embarcação para que seguisse o rumo de casa. Remaram dois e guiou um, sem descanso. No mar não havia utilidade para o canto, ele somente atrasaria a jornada. No terceiro dia, Lemminkainen pediu uma canção, mas o desejo do jovem mago não dissuadiu Väinämöinen. O velho menestrel sabia que ainda era cedo para comemorar a façanha do roubo do sampo.

Lemminkainen, no entanto, não sabia aceitar negativas como respostas e desconhecia qualquer rumo que não fosse aquele traçado por suas vontades. Por isso, pôs-se a cantar sua canção inferior. Ela foi ouvida em seis ilhas e sete vilas. Até mesmo uma garça pousou em um tronco na praia para escutar a melodia e em seguida voou para Pohjola, erguendo aquela terra novamente em guerra.

Ao saber da fuga dos magos, Louhi conferiu seu gado e percebeu que nada lhe fora levado. Seguiu para a montanha de cobre, onde encontrou a desolação dos portões abertos e da ausência de seu precioso sampo.

Sabendo que seu poder iria inevitavelmente declinar, a Senhora do Norte enviou um nevoeiro para o mar, buscando engolir a embarcação dos magos larápios. Caso não prevenisse a fuga, ordenou que as ondas se levantassem para virar e afundar a embarcação. Se nem mesmo elas conseguissem dar fim aos magos da Kalevala, o próprio Ukko deveria intervir, criando uma tempestade.

A névoa invocada por Louhi manteve a embarcação imóvel por três dias, ao final dos quais Väinämöinen teve uma ideia: golpeou as águas com sua espada, fazendo brotar néctar das profundezas salgadas. Dessa forma, a névoa subiu e se dissipou.

Sem a bruma invocada pela Senhora do Norte, as ondas se viram livres mais uma vez, e o oceano descoberto fez alargar as fronteiras do horizonte. A alegria trazida pelos novos caminhos não havia, no entanto, de durar muito. Já esperavam pelo novo golpe das forças de Pohjola quando uma imensa onda surgiu em frente à nave dos três magos, mantendo-se imóvel e ameaçadora junto à embarcação.

Ilmarinen não conseguiu reunir forças para combater o ser que teria enviado a vaga monstruosa, mas Väinämöinen não fugiu à missão. No coração da onda localizou um pequeno humanoide, Turso eterno, filho das ancestrais criaturas do mar.

Agarrou-lhe pela garganta e arremessou-o ao barco. Três vezes precisou perguntar por qual motivo ele havia invocado a onda gigante, até que Turso finalmente admitiu que almejava matar os homens da Kalevala, roubar o sampo e levá-lo novamente para a frígida e lúgubre Terra do Norte.

Väinämöinen poupou-lhe a vida, atirando-o de volta ao mar. Agradecido, o velho Turso desfez a monstruosidade d'água que havia invocado e nunca mais ergueu os mares contra um humano ou sua embarcação.

Seguiram em frente os três levianos magos, enfrentando tempestades a cada encosta. Primeiro tentou o vento do Oeste. Em seguida, fez-se sentir o vento Noroeste, até que o vento Leste se enraiveceu e tomou para si a responsabilidade de açoitar a ladra embarcação.

Em seu caminho não restou uma única árvore com folhagem, um único pinheiro com suas pinhas, uma única semente segura no chão. Até mesmo o kantele forjado da mandíbula do lúcio foi arremessado da nau, perdendo-se na imensidão dos mares do Norte.

Ilmarinen pôs-se a maldizer o momento em que havia entrado na nau tão castigada. Väinämöinen não concordava com a coleção de lamúrias que declarava o descomunal guerreiro. O ancestral mago decidiu invocar os ventos clamando assim:

> "Água, proíbe tuas filhas ondas
> De traírem esta embarcação.
> Vellamo, acalma as vagas
> Para que muradas não alcancem.
>
> Vento, ergue-te até o céu
> Reúne tua tribo no firmamento
> Para que esta nave não vire madeira."

Seguindo tal exemplo, Lemminkainen invocou uma águia e um corvo, para que a primeira lhe trouxesse três de suas penas. Do segundo, precisava de duas somente. Dessa forma realizou o encantamento que reforçou as estruturas da nau, de forma que nenhuma onda pudesse interromper a jornada de volta para casa.

# 43
## Batalha
## do Mar

Louhi, dama de Pohjola, conclamou os homens do Norte. Preparou o barco de guerra e a eles entregou as mais poderosas espadas e lanças, sedentas pelo sangue dos magos traidores. Juntou seus guerreiros tal uma gansa a seus filhotes. Içou velas e preparou-se para zarpar rumo à nau de Väinämöinen, para recuperar o precioso sampo.

Na embarcação da Kalevala, o vento não parecia colaborar. Não havia movimento do leme que trouxesse avanço, de forma que Väinämöinen pôs-se a pensar em uma alternativa, buscando uma surpresa aprontar.

Buscou pela extensão do barco pelo artefato adequado até que encontrou uma pequena pedra que lhe pareceu particularmente promissora. Lançou-a sobre o ombro recitando as seguintes palavras:

"Que de ti venha um recife
Gere uma ilha escondida
Para a nau do Norte se chocar
E romper as cem madeiras
Arranhando as ondas."

Seguindo o encantamento de Väinämöinen, o gracioso pedregulho obedeceu e tornou-se um imenso rochedo, voltando para o norte seu lado mortal.

Sem tempo para qualquer reação, a poderosa embarcação do Norte chocou-se contra a rocha encantada. Em cem pedaços partiu-se o casco, deixando as velas esfarrapadas e os mastros destroçados à deriva.

Louhi, no entanto, era por demais poderosa e orgulhosa para se dar por vencida. A tenebrosa dama fez dos estilhaços do navio sua nova arma. Encantou-os para que se transformassem em uma imensa águia. Das fortes tábuas fez suas asas e do leme, a cauda. Pôs cem espadachins sobre suas asas, mil guerreiros sobre sua cauda.

Em sua nova e temível forma, partiu em busca de Väinämöinen. Sua nova artimanha pegou o trio mágico de surpresa. Ao ver a imensa ave, Ilmarinen clamou por clemência junto a Ukko, criador e Pai celestial.

> "Guardai-nos, poderoso Ukko
> Para que o guerreiro não tombe!
> Pai celestial, trazei contigo
> Tua manta flamejante
> Para que eu possa guerrear
> Sem perder minha cabeça
> Na ponta de uma espada afiada!"

Väinämöinen, por sua vez, adotou o caminho da diplomacia, propondo dividir o sampo. Contudo, a senhora Pohjola não admitia partilhar a magnífica joia com o ancestral mago ou qualquer outro ser.

Continuou sua investida a Águia do Norte contra o navio dos magos, levando Lemminkainen a desembainhar a espada para atacar as patas da ave, de forma a derrubar os guerreiros que vinham a reboque.

Louhi não tardou a reconhecer o Mente Errante e o acusou de ter enganado sua mãe, a quem havia prometido não guerrear por seis ou até dez verões, e a não cultivar pelo ouro ou pela prata necessidade ou desejo.

Distraída pela discussão com Lemminkainen, Louhi não percebeu que Väinämöinen lançava seu navio contra ela. No choque contra o casco de carvalho, suas garras se romperam, sobrando somente uma.

Choveram guerreiros, espadachins e arqueiros sobre o turbulento mar de batalha. Louhi ainda tentou um voo rasante, para capturar o sampo com sua última garra. Conseguiu até a joia chegar, mas não teve forças para mantê-la em sua posse.

Do alto da águia, o sampo caiu nas ondas turbulentas, quebrando-se em pedacinhos no fundo do mar.

Vendo seus pedaços sendo levados pela correnteza até a praia, Väinämöinen jubilou. Naquelas terras da Finlândia tudo que se plantasse, cresceria. Daquele momento em diante, o Sol somente traria sorte, e a Lua, sonhos, nas terras da Finlândia.

Testemunhando a alegria do velho menestrel, Louhi foi tomada por uma ira incomparável e declarou que ainda assim teria sua vingança, pois ainda sabia muitos feitiços para estragar plantações, matar o gado e esconder as luzes abençoadas, vindas do céu.

"A Lua na rocha esconderei
O Sol na pedra ocultarei
Para que a água congele
E com ela o tempo
Para nunca mais lavrares
Para nunca mais colheres
[...]
Saraivadas de ferro encontrarão
Teus campos e clareiras
E o urso tenebroso
Tombará teus rebanhos
A peste a teu mundo lançarei
Para que tua gente pereça e
Nunca, nunca mais
Teu povo seja ouvido."

Väinämöinen podia ter perdido sua convicção diante de tamanha ameaça vinda de poderoso inimigo, mas o ancestral menestrel tinha confiança no Criador e sabia que competia a Ele regular as estações. Conhecia também a fortaleza dos campos e das gentes da Finlândia de forma que desafiou Louhi a concretizar a horrenda ameaça.

Com o sampo destruído, o poder da Dama do Norte se via diminuído. Recuperou ela somente um estilhaço da magnífica joia, que viria a ostentar no dedo anelar. A rainha voltou, aos prantos, à tenebrosa Pohjola.

De pé na enseada, Väinämöinen avistou estilhaços da joia mágica chegarem à praia e pediu ao Criador para que aquela terra fosse sempre afortunada, para que todos vivessem bem e morressem honradamente na doce Carélia, berço da Finlândia.

Pediu que construísse uma murada da terra até o céu, para que do mau tempo os protegesse, da ira dos homens e estratagemas das mulheres fosse sempre escudo, para que seus jovens crescessem fortes, e que nenhuma maldade lhes custasse seus grãos, enquanto o Sol brilhasse e a Lua reluzisse.

# 44
## Um novo Kantele

Väinämöinen decidiu que um desfecho tão festivo para a campanha em Pohjola não estaria completo sem música. Por um breve instante procurou o kantele, mas se lembrou de que o instrumento havia se perdido no mar, nas profundezas dos salmões.

Pediu então que Ilmarinen retornasse à forja de ontem e sempre e que para ele fizesse um ancinho de ferro com uma profusão de dentes, para que pudesse vasculhar o leito das águas.

O ferreiro atendeu ao pedido e produziu um ancinho de ferro com dentes de cem braças e alça de cobre, para executar a nobre tarefa.

Para alcançar seu objetivo, Väinämöinen encantou um jovem barco para percorrer as vagas com o menestrel ao comando. Fez montes de areia e dragou algas e juncos, mas por lado algum encontrava o magnífico instrumento feito da carcaça do lúcio.

O vulnerável mago já estava prestes a retornar, cabisbaixo, quando ouviu o lamento de uma criatura ainda mais triste do que ele. Era um vidoeiro que chorava baixinho, numa costa ensolarada. Ao perguntar o motivo de tanta tristeza, a árvore respondeu que não era como as outras, que esperavam ansiosamente o verão. Para ela, os raios de Sol trariam também crianças que talhariam seu tronco, homens que extrairiam sua seiva, mulheres que partiriam seus ramos e usariam como escovas de banho. Isso quando não ameaçavam cortá-la como um todo, para abrir clareiras.

No inverno, sua situação não melhorava. Sua casca permanecia sempre pálida, com a neve pesando sobre ela e o vento gélido quebrando os galhos desnudos.

Decidiu o velho menestrel dar uma nova vida ao vidoeiro, uma existência em que não houvesse tristeza, e que dele só emanasse alegria. Foi em um dia de verão que entalhou o kantele daquela árvore sofrida, na enseada da praia das brumas.

Com a armação feita, faltavam-lhe os pregos, mas perto dali vivia um carvalho, e nele nasciam sementes, e delas alimentava-se o cuco, e dele jorrava ouro a cada canto.

Com os pregos resolvidos, restavam as cordas. Continuou a caminhar até encontrar uma bela virgem que para si mesma cantava, enquanto esperava pelo seu amado. Caminhando levemente, aproximou-se dela e suplicou por uma trança de seus longos cabelos.

Da trança ofertada, o velho menestrel escolheu sete fios majestosos para serem as cordas do kantele, sons de eterna alegria.

Sentado na praia com seu novo instrumento, colocou-o sobre os joelhos e pôs-se a afinar. Quando a música finalmente se libertou, toda sorte de criaturas pôde ouvir a voz do vidoeiro, o tom da semente, o canto do cuco e a melodia da virgem.

As montanhas e ondas se silenciaram primeiro, depois foi a vez das senhoras pararem de bordar e dos homens cessarem o arado. As crianças interromperam a brincadeira e ergueram seus pequeninos rostos com lágrimas nos olhos.

As aldeias puderam ouvir o deleite que era a canção de Väinämöinen, tocada no majestoso instrumento. Por dois dias tocou, até que toda a natureza se aquietasse, que todos os pássaros pousassem nos galhos, e todos os peixes nadassem para as margens, compartilhando um momento de magia, melodia e paz.

# 45
## Os filhos da Dama da Noite

A bem-aventurança era notada por toda a Kalevala, e não tardou para que tais notícias chegassem aos ouvidos de Louhi. À dama não restavam dúvidas que tamanha sorte era devido aos estilhaços do sampo que chegaram às costas do Sul.

Cheia de rancor, rogou que Ukko enviasse para a Carélia pragas e doenças, mas nada aconteceu. Resolveu, então, ir a Tuonela, onde morava a mais vil das filhas de Mana, fonte de todos os males. Ela estava grávida do vento do Norte, mas já terminava o nono mês sem que criatura alguma nascesse.

Desesperada, em seu décimo mês de gravidez, ouviu a voz de Ukko e seguiu para a poderosa Pohjola. Ao chegar às saunas do Norte, Louhi já lhe esperava. A seu povo nada havia dito. Aqueceu a sauna e aguardou pelo monstro de Tuonela, enquanto ordenava que a natureza lhe entregasse o óleo de lota-do-rio para aliviar as terríveis dores do parto.

Invocou novamente Ukko, exigindo a presença do Criador caso todo o resto falhasse. Nenhuma barreira resistiria à maça dourada do senhor do éter.

Não tardou para que a cega filha de Tuonela aliviasse seu ventre. No tempo de uma jornada, nove filhos produziu.

Naquela noite de verão, deu nome às suas crias, tal como fazemos a todas as criações. Ao primeiro chamou Fisgada, o segundo nomeou Cólica. O terceiro chamou-se Gota, o quarto, Raquitismo. Ainda teve disposição para nomear Inchaço e Sarna. Para os dois últimos nomes, escolheu Cancro e Peste.

Um ficou sem nome, o menorzinho da ninhada. Foi atirado a água, à mercê dos bruxos e magos.

Mal haviam nascido, Louhi ordenou que os oito restantes fossem ao fim do cabo das brumas, para além da ilha de névoa, para matar o povo da Kalevala.

Os camponeses não tiveram sequer tempo de compreender o que acontecia, de saber o nome daquelas estranhas doenças. Um a um foram caindo pelo caminho.

Väinämöinen, velho e sábio, não tentou derrotar a desgraça em sua amada terra. Declarou guerra à Tuoni, de forma a atacar a raiz dos problemas. Sabia que a maldade só se combate com a bondade da criação.

Fez uma sauna boa e quente e limpou toda a construção. Em seguida, levantou vapor de mel com as pedras mais polidas e brilhantes. Completou seu trabalho com a seguinte invocação:

"Vinde, Ukko, ao vapor
Para nos trazer saúde
E reestabelecer a paz.
Retirai as estranhas doenças
Expulsai a névoa maligna
Para que teus filhos ela não fira.

Que a água que eu despeje
Sobre essas pedras quentes
Em mil seja transformada.

Não morreremos sem motivo
Somente por morte natural
Não sem a palavra do criador,
Sem que Ukko comande.

Ó Ukko, deus nas alturas
Vinde aqui quando é necessário
Para salvar do mal o mago

Trazei-me uma espada de fogo
Para os males afastar

Para lançar as dores aos vendavais
Banir o sofrimento às clareiras

Para lá vão as dores
Porque rochas não sofrem
Mesmo com todos os golpes

Vigiai a Dama-dor, filha de Tuoni
Na rocha do tormento sentada
Onde os três rios se encostam.
Vinde e recolhe as dores
Para deitá-las no fundo do mar.

Se não for suficiente,
Usai teu poder para trazer a saúde
Fazei as dores indolores
Fazei descansar os enfermos

Recolhei todo sofrimento
E lançai-os ao cume da montanha
Para que de lá nunca escape

Ó Ukko, deus nas alturas
Fazei surgir nuvens para chover
Água e mel pela terra da Kalevala.
Contra esses males nada sou capaz.
Aos que às minhas mãos não chegarem,
Possam as do Criador chegar."

# 46
## O URSO

naquele verão, a saúde voltou a reinar na Kalevala. Seu povo retornou ao trabalho, à vida em família, aos passeios e risadas. Todos estavam profundamente satisfeitos com a segunda chance que haviam recebido, o que, naturalmente, enfurecia a Dama do Norte ainda mais.

A Dama do Norte buscou no terreno mais pantanoso a sua nova ameaça: um imenso urso que foi mandado para atacar o gado do povo da Kalevala.

Pôs-se mais uma vez Väinämöinen a pensar em uma solução. Buscou seu irmãozinho Ilmarinen e pediu-lhe que forjasse uma lança com ponteiro de três cantos e haste em cobre. O velho mago tinha um urso para caçar.

Do trabalho de Ilmarinen, uma lança surgiu. Tinha tamanho mediano e trazia um lobo na lâmina e uma rena na haste.

Nova neve caía então, cobrindo o verde tal como lã. Deixando suas pegadas firmes, Väinämöinen caminhou para longe dos homens e de suas casas.

Pediu sorte a Tapio e de sua esposa Tellervo precisou que prendesse seus cães longe do bosque, para que o urso não ouvisse a chegada do ancestral menestrel.

Seguiu somente com seu fiel cachorro e por muito tempo caminhou. De repente percebeu que o bosque estava em silêncio. A calada durou pouco, até que seu cão começasse a latir e que o urso surgisse por entre as árvores.

O velho e firme Väinämöinen partiu contra a imensa e majestosa criatura e não teve dificuldades para fazer tombar a riqueza da floresta. Ao ver o pelo dourado da criatura sobre o solo, reconheceu sua grandeza e bravura, e pediu para que não tivesse raiva do ancestral menestrel. Não queria ele tê-lo matado. Tinha sido o galho de abeto que estalara quando ele passou, o cuco que não havia cantado, o estranho silêncio da floresta que o havia traído.

Sabendo que o imenso animal trazia consigo a sapiência da natureza e que nada tinha contra o bom povo da Kalevala, prometeu poupar-lhe a vida e levá-lo para onde jamais seria maltratado.

Chegando de volta à sua terra, logo ouviu seu povo cantando, bebendo e comendo. Apresentou o urso como o orgulho do bosque e pediu que demonstrassem sua vontade abrindo as portas se fosse ele bem-vindo, mas que as trancassem se fosse ele odiado.

O povo jubilou com a chegada do convidado e muitos disseram ter sonhado com aquele momento, desde que o verão tinha dado lugar à neve espessa.

Não quiseram levá-lo ao celeiro. Seu lugar seria debaixo do telhado. O garras-de-mel dormiria debaixo de seus telhados de ramagem.

Nem todos, no entanto, estavam felizes com a visita. Temiam pelo gado, pelo rebanho e pelas mulheres trabalhando em suas casas. O que fariam eles quando forçasse o caminho o felpudo?

Narrou então Väinämöinen a origem do belo animal. Cantou seu nascimento pela ursa do Norte e como seu pelo fora tecido pela dama do bosque, Tellervo.

Mesmo com um canto tão belo sabia que não teria paz a sua bela presa. Feras sempre seriam indomáveis.

De seu pelo e sua carne o livrou, alimentando toda gente em um grande banquete. Seu crânio foi levado ao topo da montanha dourada. Durante todo o percurso, o velho mago desejou que nunca faltasse canto nos dias e nas noites, alegre música para a crescente geração da Finlândia.

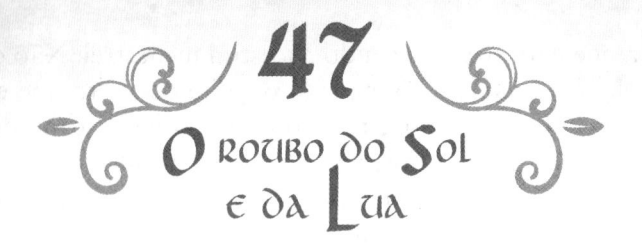

# 47
## O roubo do Sol e da Lua

A alegria de Väinämöinen se expandiu em canções com mais uma ameaça contornada. O júbilo se fez tão presente e alcançou até mesmo o Sol e a Lua, que saíram de trás das nuvens para apreciar o espetáculo.

Enciumada, Louhi sequestrou os astros de luz! Levou-os para a sombria Pohjola. A Lua foi aprisionada em uma montanha rochosa e o Sol, em uma montanha de cobre, para que seu brilho não encontrasse o caminho de casa.

Com isso fez-se a noite eterna, sem nem ao menos contarem com o consolo do luar. Era tenebroso para o povo da Kalevala, e terrível até para o próprio Ukko, do alto das nuvens.

Estranhando a ausência de luz, Ukko calçou suas meias azuis e sapatos altos e pôs-se a percorrer o firmamento em busca dos astros da criação.

Como não conseguiu encontrá-los, desembainhou sua espada e, cortando o ar, criou o fogo, que guardou em uma bolsa de ouro e prata. Deixou a bolsa aos cuidados da donzela do éter, que pegou a poderosa chama para apreciar sua luz e poder. Foi então que uma fagulha escapou por entre os delicados dedos da donzela, rasgando o firmamento.

Väinämöinen viu a chama deslizando através do céu com tamanha força e vivacidade, e o ancestral mago chamou seu irmão para verem do que se tratava.

A chama só se via no horizonte, de forma que Väinämöinen teve que talhar um barco para realizar a travessia.

# 48
## A CAÇADA DO FOGO

O firme e velho Väinämöinen jamais se daria por vencido. Um pensamento então lhe chegou, brotando da determinação do cânhamo viria a solução! Teceria dele uma rede de cem malhas.

Por muito procuraram a cobiçada semente, que só foi encontrada em lugar improvável, no antro do verme Tuoni. Foi nas cinzas de um barco incendiado que o feiticeiro ancestral localizou a boa semente que, semeada com talento, cresceu e se alastrou.

Lavrado o linho, foi a vez de arrancar, desfolhar, secar, escavar e empilhar junto à roca.

Numa noite de verão começou o trabalho. As irmãs a fiar, os irmãos a tecer, a vila a trabalhar a rede de cem jardas, com asas de setecentas.

Levaram a tremenda malha ao mar, atravessando correntezas. Coube ao ferreiro hábil Ilmarinen acompanhar Väinämöinen cm mais essa empreitada.

Muitos peixes pescaram com a maravilhosa rede, mas não a pesca que buscavam. Por duas vezes dragaram as águas, sem sucesso. Nesse momento, o velho menestrel clamou por ajuda.

Chamou Vellamo, senhora da água, e Ahto, senhor das ondas, para pegarem o majestoso bastão e moverem a água. Foi com abeto majestoso que bateram nas profundezas que o Sol não visita, onde a Lua não é conhecida.

Um cardume enorme de peixes do fundo tenebroso fez seu caminho até a imensa malha, mas só um interessava. No meio da comoção, escondido entre presas menores, estava o lúcio gris.

Väinämöinen titubeou em tocá-lo, sem luvas de ferro, cobre ou mesmo de rochedo. Percebeu que ousaria se aproximar caso recebesse a faca adequada, se portasse o punhal do Progenitor.

Das nuvens, a arma tombou com o punhal de ouro e lâmina de prata. Com o punhal, abriu o dorso da criatura. No seu ventre achou truta prateada, no ventre do peixe uma isca; do menor nadador extraiu novelo rubro, que tornado em fio deixou escapar gota de fogo, vinda dos céus, tombado entre nuvens dos nove firmamentos.

Enquanto pensava em como levar o fogo ao povo, as chamas traiçoeiras atacaram Väinämöinen, lhe queimando as faces, mãos e chamuscando a longa barba.

Não satisfeito, o fogo lançou-se contra os abetos, avançando pelas pradarias, ardendo mais que meio Norte, e dois terços da Carélia.

Väinämöinen partiu para o ataque, seguindo a trilha das chamas, cruzando com elas junto ao tronco de um velho amieiro.

Lembrou-se de suas palavras mágicas e pronunciou assim:

"Fogo, obra divina
Chama, por criador trazida!
Sem motivo foste às profundezas
Longe do lago, sem razão.

Seria melhor se queimasses
Em um fogão de pedra,
Aninhado entre as brasas
Num lar de brilho dourado."

Ao ouvir o nobre encantamento, o fogo alcançou a luz, deixando-se alojar em chaleira de cobre, para ser levado a fogões e lampiões mil.

Com as cabanas quentes e iluminadas, com o perfume do cozido aos portões, Ilmarinen tratou de correr para o mar, levando as últimas chamas rebeldes para serem amansadas.

Para isso contou com a ajuda de Turja, donzela da Lapônia, para salpicar os mares do Sul com gelo de Pohjola, onde o próprio ar carrega o gelo para o interior dos homens.

Se ainda assim não acalmasse as chamas, pediria ajuda a Ukko, guardião das alturas, para enviar novas brumas e nuvens de chuva, de forma a conquistar as chamas e domar o fogo.

# 49
## O Falso Sol e a Falsa Lua

O fogo trouxe alento para as casas da Kalevala, mas ainda assim sentiam a ausência do Sol e saudades da Lua.

Não havia colheitas e o gado adoecia. Não sabiam as pessoas quando começava a manhã ou quando seria quase noite. Os pássaros se perdiam em suas rotas, voando em círculos.

Desde os mais jovens até os deveras experientes se reuniam em conselhos, buscando descobrir como viver sem os astros-luz.

O artesão ferreiro Ilmarinen logo pôs-se a trabalhar em sua solução. De ouro e prata forjou um novo Sol e nova Lua, para brilharem desde os seis céus que os cobriam.

Väinämöinen considerou tolice a trabalhosa façanha, mas Ilmarinen não se fez de rogado: com suor brotando de sua face terminou sua obra, erguendo os novos astros das árvores mais altas. Para Lua escolheu um abeto, para o Sol julgou melhor um pinho.

Não obteve sucesso como havia sido previsto. Väinämöinen então tomou as rédeas e decidiu que era chegada a hora de descobrirem para onde teriam fugido o Sol e a Lua. Foi com lascas de amieiro que buscou respostas, pedindo licença ao Criador para descobrir a verdade sobre o paradeiro dos astros-luz.

O fogo das pequenas lascas traria a verdade, e a mentira o apagaria. Foi assim que Väinämöinen soube que o Sol e a Lua estavam numa montanha rochosa no Norte, guardados por porta cor de cobre.

O velho menestrel não teve escolha senão partir novamente para Pohjola. Andou um dia e depois dois até que no terceiro alcançou o portão rochoso do Reino do Norte.

Fez seu caminho até o rio e clamou para que lhe trouxessem um barco. Quando ninguém lhe ouviu, juntou uma pilha de galhos e folhas e com ela fez uma bela fogueira.

Louhi, dama de Pohjola, viu as chamas de sua janela, sem entender seu propósito. Fogo por demais pequeno para guerra, muito grande para transformar peixe em jantar.

Um rapazinho viu o distinto feiticeiro a caminhar do outro lado do rio e ouviu seu pedido por um barco, mas não tinha jangada alguma para conceder. Deu então sábio conselho: o ancestral menestrel deveria ser sua própria embarcação, tendo dedos como remos e braços como lemes.

Munido somente de coragem, Väinämöinen entrou nas gélidas águas do Norte até cruzar a fronteira de Pohjola. Passou pelo limite e fez seu caminho para a fortaleza onde os homens bebiam mel com espada em punho, trajados para a guerra.

Quando perguntados sobre o sumiço do Sol e da Lua, responderam com escárnio que os astros haviam se escondido do velho guerreiro. O firme e velho menestrel não titubeou e informou-lhes que, se da rocha não fossem resgatados, o julgamento caberia às espadas.

Desembainharam as armas, sendo a espada de Väinämöinen mais longa por um grão de cevada. Foi com ela que o ancestral guerreiro golpeou, separando cabeças de seus corpos como quem ceifa colheitas.

Em seguida, percorreu curta distância até o rochedo rodeado de vinhedos, protegido por nove portas e cem engrenagens. Mas não buscou entrada por lá. Com espada flamejante cravou a rocha abrindo uma fresta na fortaleza. Pela abertura, viu víboras bebendo cerveja com criaturas vis, em meio ao musgo e pedras.

Com sua espada, decepou as bestas tenebrosas, mas houve mais portas e engrenagem em seu caminho, sendo que nenhuma cedia ao furor de seus punhos. Cabisbaixo e sentindo-se diminuído, partiu de volta para casa. Em seu percurso inglório, cruzou com o intrépido Lemminkainen. O jovem mago indagou porque o velho menestrel não o havia levado na missão, para encantar o caminho até os astros.

Väinämöinen sabia, no entanto, que trincos não se romperiam com versos e trovas. Dirigiram-se, assim, para a oficina do ferreiro Ilmarinen, que veio a trabalhar em quantidade: dúzias de chaves, pontas de lança, nem grandes nem pequenas, e quebra-gelos de tamanhos variados.

Enquanto malhava o ferro, sentiu forte ventania, mas nenhuma tempestade vinha. Ao chegar à sua janela viu voando em sua direção, a temida senhora de Pohjola. Louhi ainda empunhava as asas que havia tecido quando questionou o talento do ferreiro.

Ilmarinen, que havia forjado os arcos do firmamento, mostrou as armas e artefatos que estava produzindo para resgatar o Sol e a Lua.

Louhi percebeu com tal visão que um dia de dor e derrota se aproximava. Decidiu evitar o pior para seu povo, retornando à sua fortaleza de gelo e libertando os astros-luz.

Ilmarinen buscou sem delongas o mestre Väinämöinen para mostrar a gloriosa revelação. Estavam de volta ao firmamento o brilho do Sol e a claridade da Lua.

# 50
## Marjatta, ou o Recomeço

O Sol e a Lua haviam voltado a se alternar no firmamento, trazendo tranquilidade e alegria para o povo da Kalevala. O passar dos dias em paz e bonança fez com que acreditassem que tudo seria eterno. A mudança, no entanto, chegou e tomou a mais bela das formas.

Marjatta era a filha mais nova de seus orgulhosos pais. Quando se vestia, os poucos ornamentos brilhavam com a luz de sua pureza e alegria. A donzela vivia na fazenda da família, escolhendo os afazeres que mais condiziam com sua virginal alegria, de forma que decidiu tornar-se pastora de ovelhas. Estava disposta, a jovem donzela, a exercer a dura função de pastora por cinco, seis, ou mesmo dez verões.

Convivia ela com lagartos, cobras e plantas de toda sorte, em sua exaustiva rotina, sempre atada a seus ideais. Seus dias seguiam sem surpresas, até que uma fruta tudo mudou. No alto da mais alta árvore, repousando reluzente, estava o mais belo mirtilo que já tinha visto. A suculenta baga chamou a atenção da jovem, mas ela desencorajou a jovem a tentar colhê-la, pois uma centena de damas e cavalheiros já o haviam apreciado, sem sucesso em capturar.

Mas com a Marjatta a história seria diferente, pois as raízes, plantas e ventos queriam que assim o fosse. O suculento fruto encontrou seu caminho até os lábios da donzela, trazendo consigo ainda mais surpresas.

Não tardou para que a moça passasse a caminhar sem cinto, a frequentar a sauna sozinha, e a ganhar formas mais robustas. Por nove luas carregou esse peso, até que a décima lua a fez sofrer. Correu ela para a mãe, pedindo que arrumasse um quarto quentinho para que pudesse trazer nova vida ao mundo.

A mãe, não contente com a novidade, quis saber de quem estava amantizada, se era de homem solteiro ou casado. A menina, sem pestanejar, contou-lhe a verdade sobre a fruta que encontrou seu caminho até ela. Procurou, então, seu pai, que a chamou de rameira e devolveu-lhe ao pasto para pastorear.

Sem ter para onde ir e sem saber o que fazer, a donzela pediu para Piltiti, sua mais fiel criada, achar o caminho da aldeia e implorar uma sauna, quarto quentinho onde pudesse trazer nova vida ao mundo. Na vila, sua sorte não mudou. A casa de Herodes não abriu suas portas para a jovem, pois não ofereciam banho a estranhos, nem pouso a moças sem família.

Sem escolha ou lar, a jovem foi rumo a floresta, implorando para que a natureza a protegesse, para que não permitisse que ela perecesse em agonia. Foi acobertada pelos cavalos e, dentre as folhas de abeto, Marjatta conseguiu finalmente trazer nova vida ao mundo. Seu filho, pequeno e saudável, nasceu com marcante porte, tal como quem carrega um cetro de prata.

Ela estava cuidando do menino quando das folhas ele desapareceu. A mãe procurou entre todos os montes e pinhais. Pediu ajuda às estrelas, à Lua e ao Sol até que fosse localizado, sabendo que não era um menino como outro qualquer.

Retornado ao colo de sua mãe, ninguém sabia como chamá-lo, posto que não era batizado. Sabia que para receber um nome deveria antes ser julgado por seu nascimento. Para tal tarefa foi convocado Väinämöinen, que interpelou o jovem de duas semanas de vida.

O menino não se fez de rogado e defendeu a si mesmo sobre as circunstâncias de seu nascimento. Expôs o menino que o velho menestrel deveria legislar sobre o mal e não sobre o destino de boas donzelas e a vida que surgia de seus destinos.

Convencido da nobreza do menino, Väinämöinen batizou-o de Rei da Carélia, guardião de todo o reino. O velho mago caminhou então para a costa, para um último encantamento. De lá declarou:

"Deixai o tempo passar
Pois outra vez serei preciso
Procurado e clamado
Para forjar um novo sampo
Ou outra Lua e outro Sol buscar
Para novamente trazer
Alegria ao mundo."

Com isso traçou seu caminho com barco de cobre, rumo ao ponto onde terra e céu se encontram. Não levou seu instrumento, posto que o kantele pertencia à Finlândia, que com alegria cantaria grandes canções para seus filhos.

De que valem todos os cantos? A quem pertence toda a alegria?

Das melodias mais antigas permanecem os versos, de quem sabe e de quem sonha, se estendendo pelo caminho à frente. Por ela, passarão os jovens a traçarem seus próprios rumos na terra que, com eles, aprendeu a renascer.

# Índice Mitológico

## A

*Ahto* • Também chamado Ahti ou Saarelainen, seu nome significa "habitante da ilha". Rei dos mares, mora em seu castelo marinho, Ahtola. É descrito na *Kalevala* como velho senhor das ondas.

*Aino* • Figura mitológica específica da *Kalevala*, descrita na obra como a bela irmã de Joukahainen, que se rebela contra um casamento arranjado com Väinämöinen.

Não há menção a uma personagem chamada Aino na poesia folclórica finlandesa, de forma que estudiosos da Sociedade Kalevala (*Kalevalaseura*) calculam que ela tenha sido construída por Lönnrot a partir de outras diversas personagens femininas.

Seu nome é derivado de *ainoa* e significa "única", pois, no poema, Joukahainen não tinha outras irmãs.

A trágica personagem continua sendo alvo de debates, mais de 170 anos após a publicação do épico. Em 2018, foi solicitado que o quadro de Gallen-Kallela retratando seu rapto fosse retirado de exibição por sua mensagem. A galeria de arte manteve a exposição e realizou uma mesa redonda sobre o papel da arte em representar a sociedade.

*Annikki* • Irmã de Ilmarinen na *Kalevala*. A personagem aparece com frequência em canções folclóricas finlandesas, sendo que, em algumas, é referida como irmã de Joukahainen. Seu nome é diminutivo de Anni e tem raízes tanto no universo pagão (como entidade invocada por caçadores) quanto na cristandade (como Santa Anna).

# E

*Ehstlaud, Ilmajola, Ingern* • Localidades mitológicas mencionadas na *Kalevala* sem referencial em outras narrativas míticas. A única referência no poema é serem longínquas.

*Etelatar* • Mencionada na *Kalevala* como honorável anciã e filha da natureza. Na mitologia finlandesa ela forma, juntamente com Puhuri, Ahauti e Nyrctes os deuses dos quatro ventos.

# H

*Hiisi* • Originalmente consta na mitologia finlandesa como uma criatura da floresta, associada a cavalos e animais de montaria. Em algumas canções populares menciona-se que ele teria um cavalo com cabeça de pedra, dorso de madeira, pés de ferro e crina de fogo. Após a chegada do cristianismo, passou a ser associado ao mal, seja como criatura ou como lugar, chegando a ser sinônimo de Diabo.

Em suas relações com outras obras literárias, as traduções finlandesas das obras de J.R.R. Tolkien costumam utilizar *hiisi* como tradução de *gobelim*.

*Hongatar* • Mencionada na *Kalevala* como nobre filha da natureza. Na mitologia finlandesa ela está ligada às árvores e aos animais, sendo considerada a *emuu* (criadora) dos pinheiros e dos ursos.

# I

*Ilmarinen* • Personagem recorrente na mitologia fino-húngara. Em diversas narrativas, é o deus dos ventos, protetor dos viajantes. Está associado aos mitos de criação, tendo forjado o universo. Na *Kalevala*, mantém esse papel, mas como herói guerreiro, não como divindade. É ele quem forja o *sampo*, joia que traz prosperidade e sorte a quem a possui, mote constante da epopeia.

*Ilmatar* • Na *Kalevala*, é a mãe virgem do ar, mãe de Väinämöinen. Seu nome é derivado da palavra *ilma*, que significa "ar" em finlandês. Nos poemas folclóricos da Carélia, a dama Iro é mãe de três heróis: Väinämöinen, Ilmollinen e Joukamoinen.

# J

*Joukahainen* • Também chamado Joutavoinen, Jompainen ou Lappalainen. Em algumas canções folclóricas é arqui-inimigo de Väinämöinen, em outras, seu irmão. Mesmo nas narrativas em que são parentes, os dois se distanciam e Joukahainen cultiva ressentimento pelo irmão, chegando a lutar contra ele. Na *Kalevala*, ele é um jovem impetuoso e imaturo das Terras do Norte, que desafia o velho menestrel a um duelo e perde sua irmã no processo. Seu nome é provavelmente derivado da palavra *joukhanen*, proveniente de dialeto do norte da Finlândia, que significa "cisne".

# K

*Kalervo* • Pai de Kullervo e alvo da inveja de seu irmão, Untamo. Na *Kalevala*, foi dado como morto após o ataque do clã de seu irmão, mas reencontra o filho anos depois. O desfecho é trágico e não há laços de afeição construídos entre o pai que afirma que não viria a chorar a morte do filho. Vale ressaltar que a rivalidade e a inveja entre irmãos são temas recorrentes nas canções populares finlandesas, sendo incorporadas na epopeia compilada por Lönnrot, sempre com desfechos desastrosos.

*Kalevala* • Localidade que dá nome à epopeia, é um dos dois principais territórios descritos, sempre em oposição a Pohjola, ou Terra do Norte. É o lar dos três magos protagonistas da narrativa. É interessante notar que o termo Kalevala, ou Terra de Heróis, é utilizado para denominar o território que hoje corresponde à Finlândia, e não o termo que veio a ser utilizado para nomear o país e sua língua, *Suomi*.

*Kalevatar* • Na *Kalevala*, é a mestra cervejeira que, juntamente a Kapo e Osmotar, cria a primeira versão da bebida. Seu nome significa "filha de Kaleva", termo também encontrado no título da epopeia e lar de seus heróis, o qual se referia a um gigante poderoso da mitologia fino-húngara desde provavelmente a Idade do Ferro.

*Kalma* • Na mitologia finlandesa é a divindade da morte, que habita Tuonela. Filha de Tuoni e Tuonetar. Ainda hoje a palavra finlandesa para cemitério é *kalmisto*.

*Kantele* • Instrumento musical nacional da Finlândia. Na *Kalevala* é frequentemente tocado pelos bardos, em especial Väinämöinen. Em uma passagem, é criado pelo ancestral menestrel a partir da mandíbula do monstro marinho lúcio. O ritmo tradicional em que as canções folclóricas eram cantadas na Finlândia era baseado nas escalas do kantele.

*Kape* • Referenciada na *Kalevala* simplesmente como filha da Criação. É filha do Éter na mitologia finlandesa.

*Katajatar* • Referenciada na *Kalevala* como bela virgem e filha da natureza. É na mitologia finlandesa um dos espíritos das árvores, associado muitas vezes às fadas quando em contato com outras mitologias. Bela e doce, habita os ramos de zimbro, um pequeno arbusto comum na Escandinávia.

*Kullervo* • Personagem recorrente em narrativas e canções folclóricas finlandesas, sempre com contornos trágicos. J.R.R. Tolkien estudou e reinterpretou o ciclo dedicado à sua tragédia em 1914. A obra, inacabada, foi publicada em 2010. O autor também referenciou a trama em *Os Filhos de Húrin*, em especial no incesto involuntário de Túrin Turambar. A morte de ambos heróis trágicos é, inclusive, antecedida por uma conversa com suas espadas, tal como Macbeth, personagem shakespeariano.

A narrativa de Kullervo foi também a primeira adaptação da epopeia para música, em 1892, trazendo notoriedade para o compositor Jean Sibelius.

Em termos culturais, a tragédia de Kullervo é considerada uma lição contra os maus-tratos cometidos contra crianças e suas consequências para o indivíduo e a sociedade.

*Kulli* • Bela filha de Sahri. Atualmente, seu nome não é utilizado, pois é associado a um termo de baixo calão.

*Kyllikki* • Esposa de Lemminkainen na *Kalevala*. Seu nome é provavelmente derivado de *kyllä* e significa "fartura" ou "abundância".

# L

*Lokka* • Na *Kalevala*, é mãe do ferreiro mágico Ilmarinen. Em algumas versões da narrativa, prevê que ele se tornará rei por meio do casamento com a dama do arco-íris, filha de Louhi. É interessante notar que, assim como os demais protagonistas da *Kalevala*, Lemminkainen e Väinämöinen, a figura familiar mais definidora é sempre a mãe, sendo figuras paternas pouco mencionadas.

*Lemminkainen* • Também conhecido como Ahti ou Mente Errante, é filho de Lempo e Kaukomieli, sendo um dos três magos protagonistas da *Kalevala*. Normalmente descrito como jovem e belo, com cabelos ruivos. A versão do leviano herói encontrada na *Kalevala* é uma junção de dois personagens das canções populares finlandesas: Kaukamoinen (ou Kaukomieli) e Ahti Saarelainen. Talvez por isso, Lönnrot alterna suas denominações ao longo da narrativa.

O episódio que narra sua morte e ressurreição pelas mãos de sua mãe espelha a narrativa egípcia de Isis e Osíris. Há, ainda, paralelos possíveis com Balder, o deus da mitologia nórdica, filho de Odin, em especial nas narrativas de seus assassinatos, cometidos por um homem cego após um banquete.

Lemminkainen também foi homenageado na obra de Jean Sibelius e nos álbuns da banda Amorphis. Além disso, é protagonista do filme *Sampo*, de 1959, produção finlandesa e soviética que constitui uma livre adaptação da *Kalevala*.

*Lempo* • Na mitologia finlandesa era originalmente o deus do amor e da fertilidade. Com a chegada do cristianismo, sua representação mudou, ganhando um tom caótico e maléfico, passando a ser visto como parceiro de Hiisi e Paha. É considerado, em muitas narrativas folclóricas, como inimigo mortal de Lemminkainen. Hoje em dia, tanto *lempo* quanto *hiisi* são palavras de baixo calão em finlandês.

*Louhi* • Rainha de Pohjola na *Kalevala*. É provavelmente uma referência à deusa Loviatar, filha cega de Tuoni, deus da morte e das profundezas. A deusa Loviatar aparece na *Kalevala* ao dar à luz nove filhos, todos pragas ou doenças. No finlandês contemporâneo, *lohikäarme*, ou serpente de Louhi, é o termo para dragão.

*Lucio* • Na *Kalevala*, é a besta marinha que é morta por Väinämöinen, que faz um kantele de sua mandíbula. Na mitologia finlandesa, está geralmente ligado ao episódio do roubo do Sol e da Lua, em que Ukko escolhe a magnífica criatura para receber seu raio, como forma de proteger a origem do fogo que traria luz e calor em tempos sombrios. Nas canções folclóricas, o lucio manteve o raio protegido, ainda que queimasse suas entranhas, até que fosse encontrado por Väinämöinen.

# M

*Manala* • Na mitologia finlandesa, é a morada dos mortos. O termo é provavelmente derivado da combinação *maan ala*, que significa "espaço subterrâneo". É também conhecida como Tuonela, governada por Tuoni. Produto de muitas diferentes culturas e visões de mundo, não há uma descrição única ou consistente de suas características. É importante ressaltar, no entanto, que embora seja descrita normalmente como um lugar escuro e lúgubre, não há em Manala a concepção de tormento ou punição do inferno cristão.

*Marjatta* • Clara referência ao cristianismo, Marjatta é a jovem virgem que dá à luz o futuro rei da Finlândia, anunciando assim o fim da era mítica de Väinämöinen. Seu nome se refere tanto à Virgem Maria, quanto à fruta que a engravidou. Os paralelos cristãos também são notados na descrição do nascimento em si, chamado no poema de *Suuri Mies*, termo utilizado pelos cristãos ortodoxos da Carélia para se referir ao nascimento de Cristo.

*Miellikki* • Também chamada Mimerkki, é descrita na *Kalevala* como Rainha das Montanhas Nevadas e noiva do bosque. Na mitologia finlandesa, é a deusa das florestas e da caça, sendo normalmente descrita ou como esposa, ou como nora de Tapio. Teve papel fundamental na criação dos ursos. Ela é também conhecida por suas habilidades de cura, tratando de animais feridos. Uma das montanhas em Vênus é chamada Miellikki Mons em sua homenagem.

# N

*Nasshut* • Pastor cego de Pohjola, algoz de Lemminkainen. O acontecimento comprova a leviandade e orgulho desmedido do belo herói. Há diversas interpretações da passagem, a maioria girando em torno do embate entre juventude e velhice, ou mesmo entre figuras paternas e seus filhos.

*Nyrikki* • Descrito na *Kalevala* como herói da montanha. Filho de Tapio, ele se encarrega de construir pontes e retirar rochas, como forma de guiar caçadores e viajantes pelas trilhas da floresta.

# O

*Osmo* • Na *Kalevala* denomina "jovem rapaz". O nome tem sido adotado na Finlândia desde então. Na mitologia finlandesa, há poucas ocorrências, normalmente denominando gigantes.

# P

*Pellervo* • Também chamado (Sampsa), Pellervoinen é um jovem que costura a vegetação junto ao solo. Nas canções folclóricas, essa tarefa é normalmente auxiliada por pedaços do sampo. Na *Kalevala*, tal ação ocorre antes que a joia seja sequer forjada. Ainda hoje há festividades em sua homenagem, no dia 29 de junho, coincidindo com comemorações de verão.

*Pihlajatar* • Descrita na *Kalevala* como doce donzela, ou filha da natureza. É um dos espíritos das árvores, tal como Katajatar. Seu nome é derivado de *pihlaja*, que denomina a árvore e o fruto da sorveira.

*Pohjola* • Também conhecida como Sariola ou como Terra do Norte, é uma das duas principais localidades descritas na epopeia, em contraste com a Kalevala. Governada por Louhi, é o local para onde os magos heróis viajam à procura de futuras esposas. Elias Lönnrot, compilador e reescritor da *Kalevala*, teve grande preocupação, assim como outros folcloristas, em tentar localizar Pohjola geograficamente no território que hoje é a Finlândia, sempre ao norte, mas sem limites ou etnias plenamente definidas.

## R

*Rutja* • Na mitologia finlandesa, é um dos rios representativos da fronteira entre a vida e a morte. Há referências também conectando o rio à aurora boreal. Na *Kalevala*, são mencionadas também suas cataratas.

## S

*Sahri* • Localidade mítica, de onde Lemminkainen sequestrou sua desafortunada futura esposa Kyllikki.

*Sami* • Povo, língua e cultura que, na pré-história, habitou o mesmo território que os finlandeses. Em termos mitológicos, é importante mencionar que, nas lendas e sagas nórdicas, o termo "finlandês" muitas vezes é utilizado para se referir aos sami, embora tenham uma mitologia própria. No âmbito histórico, tal etnia tem sido marginalizada há séculos na Escandinávia. Sua língua só passa a ter *status* oficial e a ser ensinada em escolas finlandesas em 1992.

*Sampo* • Artefato ou joia de formato indeterminado, forjado por Ilmarinen a pedido de Louhi, é capaz de trazer poder, sorte e fortuna a quem o possuir. Nas diversas adaptações da epopeia, ele já foi representado como joia, bússola, pilar ou baú. Objetos semelhantes podem ser encontrados na mitologia nórdica, como um moinho mágico, ou mesmo em narrativas orientais. Na batalha final da *Kalevala*, ele se parte no fundo do mar e tem seus fragmentos levados pelas ondas por todo o território que hoje é a Finlândia.

*Suonetar* • Descrita na *Kalevala* como tecelã das veias, é a deusa finlandesa do sangue e das artérias. Nas canções folclóricas que originaram a epopeia, não apresenta inclinações para o bem ou para o mal, mas pode atuar na cura dos feridos.

*Suvetar* • Na mitologia finlandesa, é a deusa do vento sul. Bondosa e gentil, Suvetar cura os doentes com mel e resguarda os rebanhos nas pastagens. É descrita na epopeia como honrosa mulher e filha da natureza.

# T

*Tapio* • Espírito da floresta e governante de Tapiola, é como um protetor dos caçadores na mitologia finlandesa. É normalmente descrito como um humanoide verde, com sobrancelhas de musgo e barba de líquen. Possui muitos filhos e filhas, todos espíritos ou deuses protetores da natureza. Dentre seus descendentes, são comumente mencionados em lendas: Annikki, Nyrikki, deus da caça, Tuulikki, Tuonetar e a caçula Tellervo, deusa das florestas.

*Tiera* • Na *Kalevala* é o amigo de Lemminkainen convocado, e posteriormente dispensando, da batalha final. Suas raízes mitológicas são o clã guerreiro de Iku-Tiera.

*Tuonela* • Ver Manala.

*Tuonetar* • Esposa de Tuoni, descrita na *Kalevala* como anfitriã da terra dos mortos. É mãe de muitas pragas e doenças, além de ter dado à luz as divindades Kalma, Loviatar, Vammatar, Kyvutar e Kipu-Tyttö.

*Tuoni* • Também chamado Mana, refere-se tanto ao governante do mundo dos mortos, quanto ao rio que separa os dois mundos. Na maioria das canções folclóricas finlandesas, Mana, Manala, Tuoni e Tuonela são empregados como sinônimos.

*Turso* • Também conhecido como Iku-Turso (Turso eterno), Turisas, Tursas, Meritursas, Iku-Tursas ou Iki-Tursas, é descrito na *Kalevala* como um pequeno humanoide, filho das ancestrais criaturas do mar. Na mitologia finlandesa é um monstro marinho. Atualmente, a palavra *meritursas* significa "polvo" em finlandês.

*Tury* • Termo utilizado na *Kalevala* para se referir à língua falada pelos povos finlandeses. Hoje em dia, tanto a língua quanto o país são chamados *Suomi*.

# U

*Ukko* • Também denominado Äijä ou Äijö, em referência a avô ou ancião, é o deus dos céus, das colheitas e dos trovões na mitologia finlandesa. Traz paralelo com Uku, da mitologia estoniana. É invocado por todos que necessitam de auxílio ao longo da *Kalevala*, apresentando, em vários momentos, semelhanças com o pensamento cristão de criação e proteção. Hoje em dia, o termo *ukkonen* é a palavra finlandesa para "trovão".

*Untamo* • Possui duas versões na *Kalevala*. A primeira é derivada da mitologia finlandesa, na qual Uni é o deus benevolente do sono e Untamo é o deus indiferente dos sonhos, pois pode trazer também pesadelos. Na tragédia de Kullervo, Untamo é também o nome do irmão invejoso de Kalervo, que leva o clã de Kullervo à ruína.

# V

*Väinämöinen* • Herói máximo da *Kalevala* e, em última instância, símbolo da era mítica e pagã do país. Representado sempre como um homem velho e sábio, com uma voz potente e magia sem igual, capaz de inspirar toda sua terra. O mito de criação que inicia a *Kalevala* está ligado a seu nascimento, oriundo da dama do éter,

Ilmatar. Possui muitas conexões com o herói Vanemuine do épico estônio *Kalevipoeg*, assim como paralelos com Odin. Contemporaneamente, Väinämöinen foi inspiração para a criação de alguns dos personagens mais emblemáticos da fantasia, como o Gandalf de J.R.R. Tolkien e Dumbledore de J.K. Rowling.

*Vellamo* • Deusa dos mares, lagos, rios e da pesca na mitologia finlandesa. Esposa de Ahti, tem o poder de controlar as marés e os ventos, além de ter um rebanho de gado subaquático. Em muitas lendas, ela leva seu rebanho à superfície para se alimentar quando a manhã está coberta pela névoa.

*Vipunen* • Vipunen, ou Antero Vipunen, é um gigante de grande talento e sabedoria, que é invocado por Väinämöinen após a morte do menestrel com o objetivo de encontrar as palavras que lhe faltavam para seus encantamentos.

# Referências

BENJAMIN, Walter. A tarefa-renúncia do tradutor. Tradução: Susana Kampff Lages. In: HAEINDERMANN, Werner (org.). *Clássicos da teoria da tradução*. Florianópolis: Editora UFSC, 2001.

CANCLINI, Nestor Garcia. *Culturas híbridas* — Estratégias para entrar e sair da modernidade. Tradução: Ana Regina Lessa e Heloísa Pezza Cintrão. São Paulo: Edusp, 2003.

CARPENTER, Humphrey (ed.). *As Cartas de J.R.R. Tolkien*. Rio de Janeiro: Harper Collins *Brasil*, 2023.

CASANOVA, Pascale. *A república mundial das letras*. São Paulo: Estação Liberdade, 2002.

ELIADE, Mircea. *Mito e realidade*. São Paulo: Perspectiva, 1991.

HUGO, Victor. *Do grotesco e do sublime*. Tradução: Célia Berrettini. São Paulo: Perspectiva, 2004.

JAKOBSON, Max. *Finland*: Myth and reality. Helsinque: Otava, 1987.

LÖNNROT, Elias. *Kalevala* — poema primeiro. Tradução: José Bizerril e Álvaro Faleiros. Cotia: Ateliê Cultural, 2009.

MOYNE, Ernest John. *Hiawatha and Kalevala*: A Study of the Relationship between Longfellow's 'Indian Edda' and the Finnish Epic. Helsinki: Folklore Fellows Communications, 1963.

NIDA, Eugene A. *Contexts in Translating*. Philadelphia: John Benjamin's Publishing Company, 2001.

ONG, Walter. *Oralidade e cultura escrita*. São Paulo: Papirus, 1998.

Tolkien, J.R.R. A Secret Vice. In: *The Monsters and the Critics*. George Allen & Unwin, 1983, pp. 198–223.

Este livro foi impresso na China
para a HarperCollins Brasil em 2024.

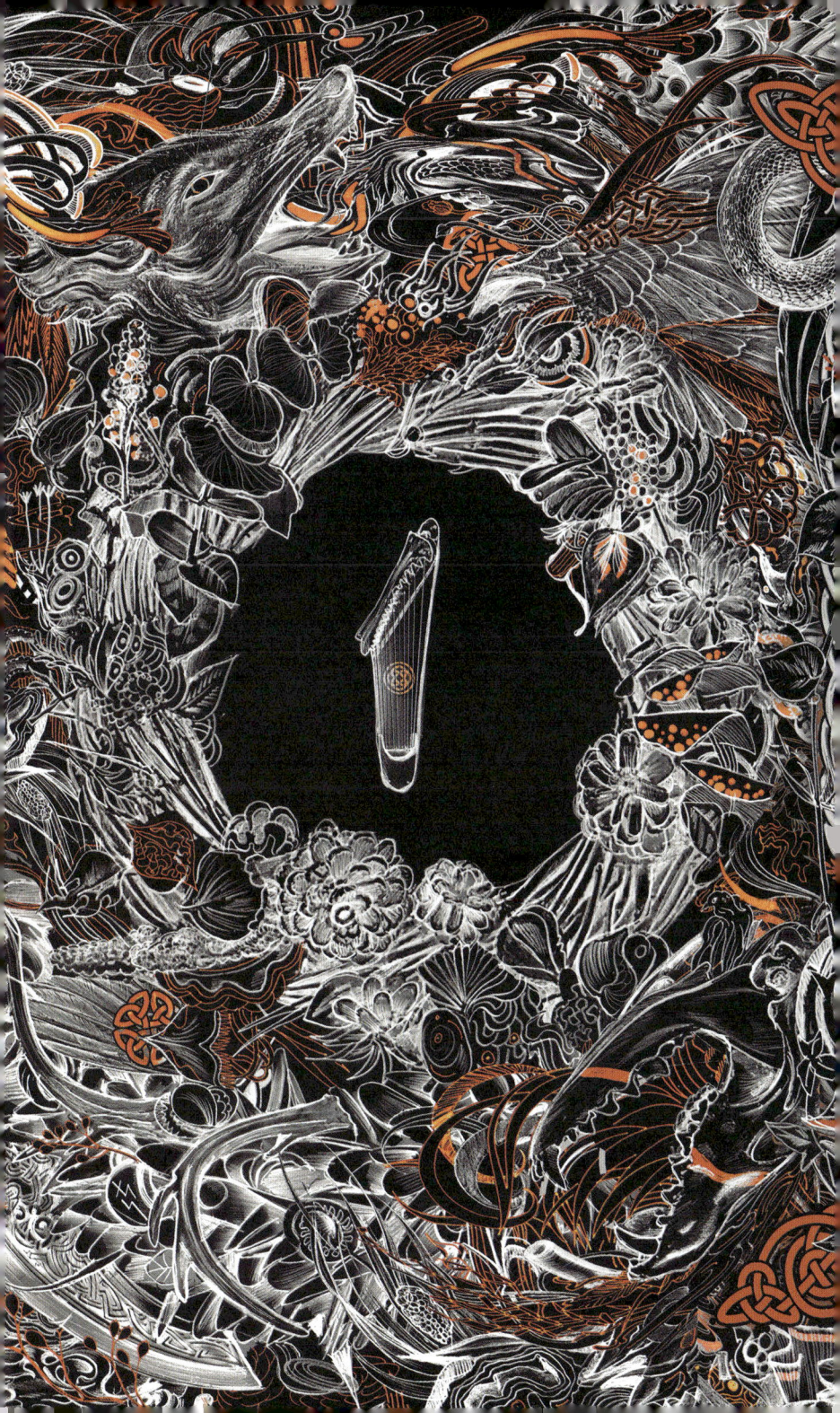